阿爾卑斯山的少女

總導讀

打開世界文學經典，進入生命的另一個層次！

——新樹幼兒圖書館 館長 蔡幸珍

文學經典之所以成為經典，是因為這些世界名著經過時間的淘洗與淬煉之後，能歷久不衰並轉化成各種形式的「變裝」，例如：卡通、電影、芭蕾舞蹈、音樂、漫畫、手機遊戲、桌遊……等，繼續活躍在這世界的舞台上。

時代會變，社會在進步，科技也以十倍速更新，然而亙古以來的人性卻沒有顯著的變化，幾百年前能感動、震撼、取悅、療癒人心的世界名著，在幾百年後，依然能深深打動世人。

完整的文學經典出版計畫

小木馬文學館這一系列的世界文學經典作品，是由日本第一流的兒童文學研究家，以及國內的傑出譯者以生動活潑的現代語言譯寫，並且附有詳細的注釋、彩頁插畫、作者介紹、人物關係圖、故事場景和地圖……等等。從這些規畫與細節，可以看到編輯群的用心與貼心。

每個時代的生活用語與文物不盡相同，書中圖文並茂的注釋讓讀者能跨越時空、地理與文化的差異，減少與文字的距離和陌生感，更容易進入故事的時空情境當中。書中的介紹讓讀者了解作者的生平與創作背後的故事；人物關係圖釐清了解各個角色之間的關係，譬如：《希臘神話》中的哪個天神和誰生下了誰，誰又是誰的兄弟姊妹，這個英雄又有何來頭，天神之間錯綜複雜的關係，一張人物關係圖就能幫助讀者腦筋不打結；故事場景和地圖則提供清晰的地理線索，不論是將來實地去故事誕生之地拜訪遊玩，或是在腦海中遨遊都格外有趣。這些林林總總的補充資料，我稱它們為「作品懶人包」，讓讀者無需上網一一去搜尋相關的背景資料，提供了一條深入了解作品的捷徑。

體驗經典的文字魅力

閱讀小木馬文學館一本又一本的世界名著時，我彷彿坐上時光機，回憶起與這些「變裝」後的世界名著相遇的點點滴滴。

《湯姆歷險記》以卡通的型態出現在老三臺的電視裡，吹著口哨的湯姆計誘朋友以珍藏的寶貝來換取刷油漆的工作，湯姆．索耶聰明淘氣的形象深深烙印在我的腦海中；《紅髮安妮》每隔十幾年就被翻拍成電視劇或是電影《清秀佳人》；《格列佛遊記》藏身在國小的課文中，一年又一年，格列佛在課本裡，全身被釘住，上百支箭射向他；我在舞台上遇見了《莎士比亞故事集》中的羅密歐與茱麗葉；《悲慘世界》以音樂劇的形式在我心中投下震憾彈；《偵探福爾摩斯》則讓年少的我躺在涼椅上抱著書不放，度過一整個暑假。我與希臘眾神的相遇則是在台東大學兒童文學研究所的「神話與童話」課堂中、在希臘愛琴海上的克里特島上。

小時候的我，看過「變裝」後的世界名著，現在再讀小木馬文學館以「書」的形式登場的這些名著時，著實被這些作品的文字魅力深深吸引住。「書」和卡通、電視電影等影音媒體大大不同，以水果來比喻的話，書就是水果，而卡通、電影是果汁。看書像是吃原味的水果，而看卡通、電影就像喝果汁，有些營養素不見了，口感也不同了！

比方說，在《湯姆歷險記》卡通裡，看不到馬克．吐溫寫的「不好的回憶就像寫在海灘上的字，幸福的大浪一捲來，馬上就消失無蹤。」在《清秀佳人》卡通裡，看不到「我現在來到人生的轉角了，雖然走過轉角後不知道前方會有什麼在等待著，但我相信一定是燦爛美好的未來，這又是另一種樂趣了。」這樣精采的字句，因此我誠心建議曾經與「變裝」世界名著相遇的人，千萬別錯過原著的文字世界。

閱讀，讓生命變得不同

小木馬文學館將這一系列世界名著的定位為「我的第一套世界文學——在故事中體驗冒險、正義、愛、歡笑與淚水」，兼具趣味性、易讀性、知識性、文學性，並展演出各式各樣的人性，冀望能為小讀者開啟人生第一道文學之門。我也極力推薦大人們和小朋友一起閱讀這系列書，一起聊聊書，在書中探索人心的神祕、奧妙與幽微之處，也一起認識這世界的種種不幸與美好。

法國的符號學者羅蘭．巴特（Roland Barthes）說：「閱讀不是逐字念過而已，而是從一個層次進入另一個層次的過程。」

我也認為閱讀是一種化學變化，讀一本書之前和讀了一本書之後，讀者的生命將變得和原本不一樣了。看《悲慘世界》時，可以看到未婚生子的女工在底層環境裡養育孩子的辛苦，了解社會底層人士的生活樣貌；讀了《紅髮安妮》之後，也可以學習安妮正向樂觀的態度，對生活保持高度好奇心，並對周遭世界施以想像的魔法，讓世界變美麗！看《湯姆歷險記》時，才知道在現實生活中自己可能是乖乖牌席德，但內心其實很想扮演湯姆．索耶，偶爾淘氣、搗蛋、半夜去冒險。

書本能誘發我們的人生成長，而經典更絕對是最佳的催化劑。打開書吧，讓我們透過一本本世界文學經典的引領，進入生命的另一個層次！

前言

以希望開創的和諧世界

這本大約誕生於一百三十年前，原書名為《海蒂》的小說，儘管也曾遭遇到少數人的批評，但自出版以來便十分暢銷，長久受到眾人的喜愛。最令人著迷的當然是小小女主角純真質樸的性格，不僅改變了周圍的人的心，那份感動更引發讀者強烈的共鳴。

本作品的另一個重點便是阿爾卑斯山的大自然。作者雖是將故事基礎建立在虔誠的基督教信仰上，她描寫阿爾卑斯山自然景觀的筆觸充滿了愛，帶領我們看見古老單純的世界，像是爺爺隱居的小屋後方的冷杉沙沙聲中，彷彿能聽見異教民族的遙遠聲響迴盪。

世上被譽為成功的作品，有時會超越作者的意圖，開拓出更寬廣的世界。以這部作品為例，乍看在是述說信仰的力量消除了貧富差距，實際上卻指引出更多——人類所擁有的希望，能開創出更崇高、更和諧的世界。

真正令人感受到幸福的古典文學，指的就是這樣的作品吧！

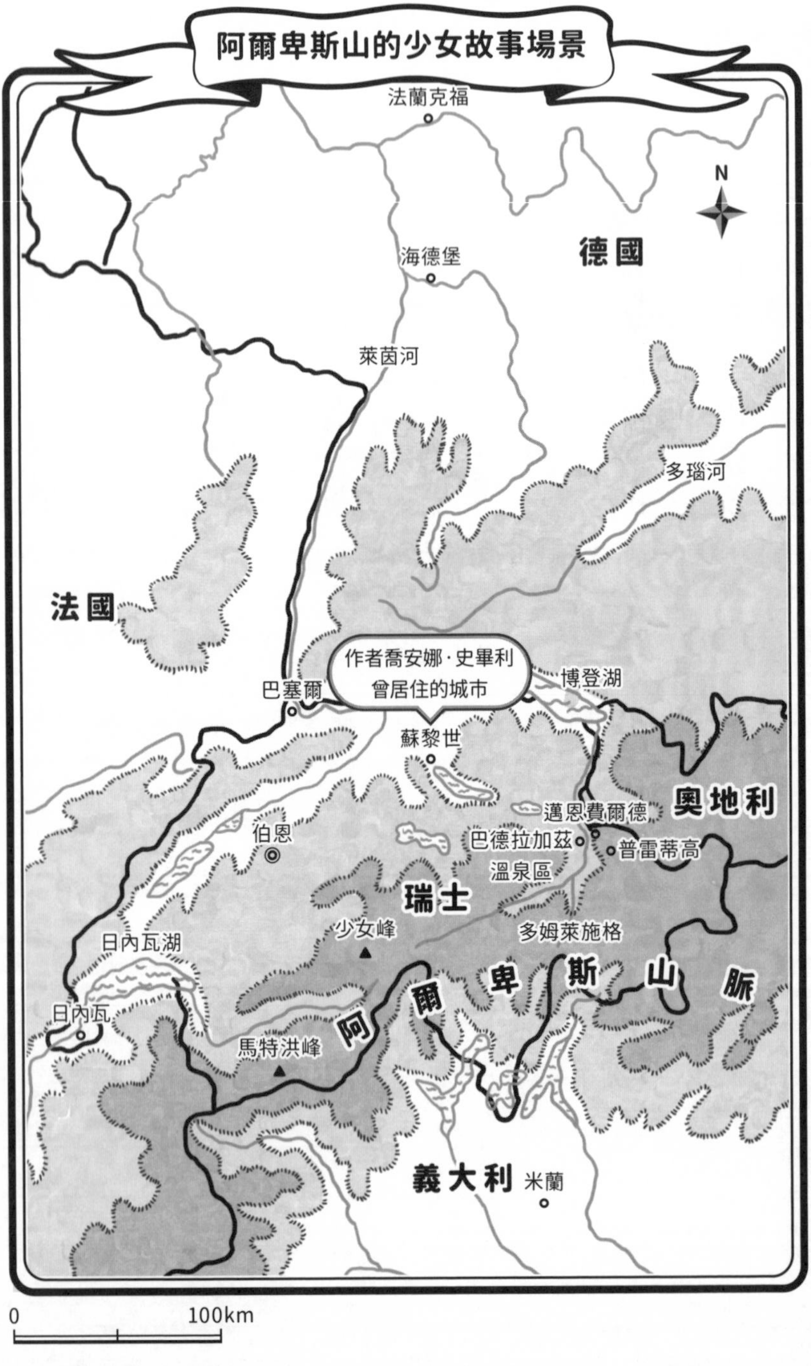

阿爾卑斯山的少女故事場景
法蘭克福
N
德國
海德堡
萊茵河
多瑙河
法國
作者喬安娜·史畢利
曾居住的城市
巴塞爾
博登湖
蘇黎世
奧地利
邁恩費爾德
巴德拉加茲
溫泉區
普雷蒂高
伯恩
瑞士
少女峰
多姆萊施格
日內瓦湖
日內瓦
阿爾卑斯山脈
馬特洪峰
義大利
米蘭
0
100km

前往山上的爺爺家

這條路經過了住著許多善良居民、名叫**邁恩費爾德**的村子，穿過多樹的草原後，便來到四周高山莊嚴聳立的**高原山麓**，從這裡開始便是陡峭的上坡路，走過只長著草的荒地，一徑通往**山上牧場**。路旁一叢叢只長在**高山**上、有著旺盛生命力的草散發出熱氣，令人喘不過氣。

六月，某個烈日當頭的早晨，一名看上去十分健壯的年輕女子牽著一個小女孩沿著這條路往上爬。這小孩不知道有沒有滿五歲呢，雙頰紅通通的。可是她怎會熱成這樣？因為在這樣一個大熱天，她竟像是身在寒冬，穿著好幾件衣服，最外面甚至還包著一條紅色披肩，裹成這副厚重的模樣，根本連她的長相都看不清楚了。她還穿著鞋底釘了釘子防滑，沉甸甸的登山鞋，氣喘吁吁的爬著山路。

兩人爬了一小時左右，來到距離山上牧場還有一半路程，一處名叫德爾弗利的村子。村民紛紛從窗戶或門口探出頭，連擦身而過的路人都向她們打招呼。原來這裡是這名年輕女子的家鄉，但女子見到鄉民卻沒有停下腳步，匆忙回應一下就繼續向前走，就這樣來到村子的盡頭。

「等一下，黛特！妳要去山上的話，我們一起走！」

一位看來很溫柔的胖婦人叫住女子。名叫黛特的女子一停下腳步，小女孩便立刻鬆開手，蹲了下來。

「海蒂，妳累了嗎？」

「不累，可是好熱。」

邁恩費爾德（第13頁）
瑞士東部格勞賓登州北方的小城鎮，位於萊茵河的東岸。海蒂的爺爺居住的山上就是以屹立此地的牛山（Ochsenberg）為原型。作者史畢利也是在居住此地的時期寫下了海蒂的故事。當地建造了彼得家還有爺爺的山上小屋以供觀光，同時此地也位在著名的登山路線上。（請參見卷頭地圖）

「我們就快到山上了。來，打起精神，再走一小時就到了。」

兩名女士邁開腳步往前走，小女孩有氣無力的跟在後面。這兩人是舊識，立刻打開話匣子，閒聊起德爾弗利村的大小事。

「妳帶著這孩子要去哪裡？她是妳死去的姊姊留下來的孩子吧？」

婦人問道。

「我想把她託付給山上的老伯。」

「什麼？妳打算把孩子留在山上老伯那裡？妳瘋了嗎？就算妳把孩子帶去跟他談，也肯定會被趕出來的啦！」

「會嗎？他怎麼狠得下心，他畢竟是這孩子的親爺

高原山麓（第13頁）

阿爾卑斯地區常見因山頂或山腰的冰河下滑，侵蝕成三面環山的凹地，高山原本陡峭的斜面到了底部就變成緩坡，形成碗狀的開闊平原。受到日照及西風的影響，多位於山的東側與北側。

山上牧場（第13頁）

位於山腰，長滿青草或青苔的地方，牧人在夏季會將山羊或牛等家畜趕到這裡享用鮮草。

爺啊！我找到一個提供住宿的工作，條件很不錯，不能因這孩子錯過這個大好機會。」

「假如那老伯跟一般人一樣，託給他當然沒問題。這孩子這麼小，把她留在山上不曉得會受到什麼樣的對待。話說，妳的工作地點在哪裡？」

「**法蘭克福**。」

「假如我是那孩子，我才不願意去山上。那老伯不知道在搞什麼名堂，完全不和其他人往來，甚至不上教會。每年一次下山到村裡來的時候，大家都嚇得避開他。」

黛特一臉嚴肅的回嘴：

「再怎麼說，他都是這孩子的血親，他若不肯接下她，我會很困擾。唉，就算他把這孩子扔出去，我也不

高山（第13頁）

指的是歐洲最大的山脈——阿爾卑斯山。其東西長達一千兩百公里，以瑞士為中心，橫跨五個國家；最高峰白朗峰，海拔為四千八百七十公尺。（請參見卷頭地圖）

法蘭克福

位於德國中部赫森邦的城市，自古就是德國政治、文化、工商業的中心。距離邁恩費爾德有五百多公里遠。（請參見卷頭地圖）

管了。」

「老伯一臉凶神惡煞，躲在深山裡足不出戶，到底有何打算？大家議論紛紛，妳應該也聽妳姊姊講過他的事吧？到底是怎麼回事呢？他過去就是那副德行嗎？告訴我嘛！」

山上老伯到底為什麼變得討厭人群、獨自住在深山裡？這名婦人是住在山下**普雷蒂高**的人，並不清楚事情的來龍去脈，想趁這個難得的機會好好問個清楚。

「我才二十六歲，老伯大概有七十了吧？他的過去我怎麼可能知道！更何況，要是被他知道是我說出去的，那還得了。」

「妳多少知道一點吧？我會保密的，妳就說吧。」

黛特環視四周，心想要是小女孩就在身邊，讓她聽

普雷蒂高

位於邁恩費爾德南方，東西向延伸的山谷，有萊茵河的支流之一——蘭德夸特河流經。此地名取自拉丁語的「牧草地」，以農業為主要產業。（請參見卷頭地圖）

到可不好。然而山路彎來拐去，可以望見山下的村子，卻到處都看不見小女孩的身影，恐怕是兩人聊得正起勁時，不小心把她落在路上了。

「啊，她在那裡！在那遙遠的山下，和彼得還有一群**山羊**一起爬著山。既然彼得看著她，妳就不用擔心啦，快把老伯的事說給我聽嘛！」

「她才不需要人家看著。別看她只有五歲，可是很乖巧又不會惹麻煩的孩子，就算去到只有兩頭山羊和一棟小木屋的老伯家住，她也能夠活得很好。」

「那老伯以前是不是很有錢啊？」

黛特終於忍不住談起了山上老伯的往事。

聽說他原本是附近的居民，家裡算是滿富有的，可是他交到了壞朋友，整天遊手好閒過日子，又好賭把家

山羊

牛科山羊屬的家畜，除了乳汁，山羊肉可供食用，毛皮也能拿來利用。活動力強，吃草木或樹葉等粗食。山羊奶的營養成分近似牛奶而更容易消化。

中土地和房子都輸光了，他的父母深受打擊，在過度悲傷中逝世。

後來他人就此不知去向，有人說他進了**軍隊**，還去了**拿坡里**，在軍隊跟人起了爭執，鬧出人命後逃離軍隊。睽違十五年後，他帶著年幼的兒子回到位於**多姆萊施格**的家鄉時，村民受到那些不好的傳聞影響，沒有人出來歡迎他回鄉。

「我再也不會踏進這個爛地方！」氣憤的老伯留下這句話，便搬到德爾弗利村。兒子長大後成為木工，和黛特的姊姊阿黛海德結婚，沒想到才過了兩年，他在工地遭掉落的樑柱砸中而傷重不治；妻子原本就體弱多病，整日就只是發著呆、半夢半醒，丈夫的死更讓她深受打擊，不到幾星期也跟著去世了。

軍隊
具有一定規模的士兵組織，成員包括本國人的義務兵及受雇的外籍傭兵。瑞士傭兵以勇敢善戰聞名。

村民異口同聲說這一切都是老伯年輕時的惡行帶來的報應，受排擠的老伯脾氣也因此越來越差，甚至對牧師他也不願開口說話。某天，他終於搬到山上隱居，再也沒有下山來。

像德爾弗利這種小村子，村民幾乎彼此都是親戚，原本大家都叫他「老伯」，從那時候開始就改稱他為「山上的老伯」。

那對年紀尚輕就逝世的夫妻留下一名尚在襁褓中的嬰兒，黛特和母親收養了那孩子，之後黛特母親也過世，在**巴德拉加茲溫泉區**的飯店工作的黛特只好將小女孩暫時寄養在隔壁村的朋友家並按時寄生活費過去。

「我自認已經盡我所能為那孩子做了很多事，之後該由老伯接手了。法蘭克福的那份工作條件非常好，我

拿坡里（第19頁）
位於義大利南部，面向維蘇威火山的港都。西班牙的波旁王朝建立了拿坡里王國，卻在一八六一年敗給推動義大利統一的朱塞佩·加里波底。老伯很可能曾經是拿坡里王國的傭兵。

不能放過這個機會。」

山路爬到一半，婦人便和黛特道別，朝勉強蓋在路旁一片窪地的破舊小屋裡走去，這裡就是剛才那個牧羊男孩彼得的家。彼得的奶奶會替人**紡紗**，而這位婦人就是來拿完成的紗線。

彼得每天早上都會下山到德爾弗利村，領著羊群到山上牧場，讓牠們吃上等的牧草，日落時再和羊群一起下山，一抵達村子就將手指放在嘴裡用力一吹，口哨聲一響，各家來接羊兒的孩子就會聚集過來，彼得便和村裡的孩子玩一陣子後再回家。在夏季，也只有傍晚這段時間，彼得才能和大家玩耍。

穿得圓滾滾的小女孩，喘得上氣不接下氣，好不容易才追上穿著短褲、打赤腳到處跑的彼得還有不停跳著

多姆萊施格（第19頁）
沿著萊茵河的支流之一，後萊茵河往北延伸的谷地。自古以來就是通往南義的重要通道。（請參見卷頭地圖）

巴德拉加茲溫泉區
距離邁恩費爾德大約兩公里，隔著萊茵河的城市。知名的溫泉療養地，氣候宜人。（請參見卷頭地圖）

越過草叢和路上石頭的羊群。她忽然想到什麼似的蹲了下來，把鞋子和襪子都脫掉，接著站起來解下紅色披肩，把外套和外出服也脫掉了。這些衣物都是因為黛特不想提行李，才要她全穿在身上。小女孩連最後一件日常穿的衣服也脫了下來，身上只剩下棉製**內衣**，「啊——啊！」她在風中伸了伸懶腰，以不輸給任何人的敏捷速度爬上斜坡。

彼得看到朝自己靠近的小女孩，打扮和剛才截然不同，不由得放聲大笑。一回頭看到衣服堆成一疊，他笑得更開了，但他什麼話也沒說。

好不容易無衣一身輕的小女孩對彼得展開發問攻勢。問他：「你到底帶了幾頭羊？要去哪裡？去做什麼？」就在彼得有問必答的同時，兩人的腳步終於追上

紡紗（第21頁）

將亞麻、棉花、羊毛等植物纖維或動物毛拉長，再以紡車搓成一條線。在西方，紡紗自古就是女性的重要工作之一，民間也有許多和紡車、紡紗相關的傳說。圖為紡車。

已等得不耐煩的黛特。

「妳怎麼這副模樣！妳的衣服哪裡去了？新鞋子又丟在哪裡？」

黛特早已怒氣沖沖。

「在那裡，我不想穿。」

小女孩毫不在意。朝山下望去，可以看見紅紅的披肩就被扔在地上。

「真拿妳沒轍。彼得，你是好孩子，幫我把那些衣服拿來吧，動作快！」

彼得最初不太情願，一看到黛特亮出的五**芬尼**，立刻就像一陣疾風般衝下斜坡，轉眼間就抱著所有衣服回來了。黛特相當佩服他的驚人速度，並給他說好的報酬。彼得笑得合不攏嘴，畢竟很難得可以有這麼輕鬆就

內衣（第22頁）
穿在外衣之下，像寬鬆襯衫的長版衣，過去也有人當做睡衣。到十九世紀前半為止多為麻製。

芬尼
過去德國和瑞士的貨幣單位，一百芬尼等於一馬克。

拿到報酬的工作。

他們三人又走了大約一小時後，終於抵達了山頂的高原。老伯的小屋就蓋在山頂的最高處，雖會受到來自四面八方的風吹襲，但能沐浴在充沛的陽光下，且沒有任何東西會擋住視線，可以清楚俯瞰谷地的景色。小屋後面有三棵從未修剪過的巨大**冷杉**，枝葉非常茂密。冷杉後面延續著美麗的草原斜坡，草原盡頭則是險峻的山崖。

老伯坐在小屋前方可俯瞰山谷的長椅上，嘴裡叼著**菸斗**，目不轉睛的看著兩個孩子、羊群以及黛特爬上山。

海蒂率先抵達，她筆直朝爺爺走近，伸出手要和他握手。

冷杉

松科冷杉屬的常綠喬木，高度甚至可達四十五公尺。樹枝往水平方向生長，向外伸展。小樹常用來做為聖誕樹使用。

「爺爺你好。」

「噢，妳好。」

山上老伯冷漠的握了一下海蒂的手，猶如毛蟲的粗眉毛下，一對犀利眼神瞅著她。海蒂也不認輸，直直凝視著爺爺，盯著他長長的鬍鬚與幾乎要相連成一長條的眉毛。彼得擔心的站在一旁看。

「老伯，好久不見。她是您的孫女，滿週歲之後您就再也沒見過，或許您已認不出來了吧。」

黛特邊說邊走近。

「噢，竟然把這孩子帶來我這兒，妳有什麼企圖？喂！小子！快點把羊牽走，你今天遲到了！」

被老伯一瞪便縮成一團的彼得，轉眼就不見身影。

「我來是要請您接手照顧這個孩子。這四年來，我

菸斗（第25頁）

填入切碎的菸草並點火，用來抽菸的工具，可用各種材料包括金屬或竹子等來製作。

光是自己和家母的事就忙得不可開交，可我也盡可能的照顧了她。今後我要外出去工作，您好歹是她最親的家人，假如您不願意接手，那就隨您處置吧！」

黛特雖然有一點內疚，不是本意的話終究還是脫口而出。

聽到這番話，老伯立刻起身，瞪著她說：

「給我滾下山去，再也不要出現在我面前！」

「我這就走，再見了，老伯。海蒂，妳要乖乖的。」

黛特難掩興奮的情緒，一鼓作氣跑到山下的德爾弗利村。村人看到她沒有和海蒂在一起都感到納悶，比上山時有更多人上前向她搭話。

「那孩子呢？」

「妳把那孩子帶到哪裡去了？」

每當有人發問，黛特就語帶憤怒的回答：

「海蒂在山上老伯那裡！聽到了嗎？山上老伯那裡！」

話一說完，村內的婦女紛紛表達意見：

「怎麼這樣！妳好狠心！」

「那孩子太可憐了！」

「竟然把那麼小的孩子扔在山上！」

黛特加快腳步直到聽不見他人的聲音，這才鬆了一口氣。姊姊在嚥下最後一口氣前，再三囑咐她一定要妥善照顧海蒂，她也不願意這麼做，只好安慰自己。

（等我賺了大錢，再好好補償那孩子。）

她也很快的轉換了心情，

（幸虧我找到一份很棒的工作，很快就能離開這群說三道四的人了。）

一想到這裡，她就開心得不得了。

爺爺的家

黛特離開後，爺爺又坐回長椅上，抽著菸斗吐出雲朵般的大煙圈，板起臉不發一語對著地面看。

海蒂興奮的環視四周，發現有間緊臨房子建造的羊舍，朝裡面窺探，裡面空空蕩蕩。接著她繞到房子後面，站在樹齡很大的冷杉下，一陣強風吹來，把頂端的樹梢吹得沙沙作響。海蒂站在樹下聆聽沙沙聲好一會兒，待樹葉聲稍作停歇後，她再沿著房子繞了半圈，從另一側回到爺爺的所在之處。

她站在爺爺面前，把手背在身後，望著爺爺好久好久。看她一直沒有離開，爺爺便抬起頭問：

「妳又想做什麼？」

「我想看爺爺家的裡面。」
爺爺站起來，率先走進屋子裡。
「把妳的衣服拿進來。」
他邊走邊說。
「那些衣服，我不要了。」
海蒂斬釘截鐵回答。爺爺回過頭，定睛看著這個眼神發亮，急著想看屋裡面的小女孩。
「看來這孩子並不笨。」
爺爺先是喃喃說道，然後提高音量：
「為什麼不要了？」
他大聲問道。
「我想跟山羊一樣跳來跳去。」
「可以，但是妳必須先把衣服拿進來收到壁櫥裡。」

屋裡還算寬敞，一眼看去就是爺爺家的全貌。裡面有桌椅各一張，其中一面牆邊放著爺爺的床，另一面牆有**灶**，還掛著大鍋子；對面的牆上有一扇大門，打開就是壁櫥，櫥櫃裡掛著爺爺的衣服，從下到上的架子分別擺放著襯衫、襪子、以及布類和杯盤，最上層放著**圓麵包**、**煙燻肉**和起司。這個櫥櫃裡放著爺爺所有的生活必需品。

海蒂手腳伶俐的把自己的衣服放到爺爺衣服的後面，而且是盡可能放到最裡面，沒辦法隨手拿出來。

「我要睡哪裡呢？爺爺。」

「隨便妳。」

海蒂開心的到處找，發現了一個小梯子，爬上去一看是一個儲存乾草的**閣樓**，從牆上的圓洞可以俯瞰山

灶

烹煮食物的設備。在當時的瑞士多是用石頭或磚塊建造而成，下方以木柴等燃料生火後，上方有吊鍋子用的鉤子，讓鍋子能放在恰當的位置加熱。

谷。

「我要睡這裡。爺爺，您上來一下，這裡好棒喔！」

「我知道。」

聲音從樓下傳來。

「好，來鋪床吧！爺爺，您一定得爬上來，還要把床單拿上來喔！」

爺爺**窸窸窣窣**翻找櫥櫃好一會兒，抽出一條硬梆梆的長布條，好吧，勉為其難算是一條床單。他把布扛上閣樓，發現靠近牆壁圓洞附近的乾草被堆成一座小山，大概是想拿來當枕頭吧，如此一來，舒服的床鋪就完成了。

「妳鋪得真好。不過，等一下。」

爺爺堆了更多的乾草，把床鋪成兩倍高。海蒂興沖

圓麵包（第31頁）

從前歐洲的鄉下，一般家庭大都會自己做的麵包。在麵粉裡混入黑麥，不放進麵包模直接烘烤，顏色偏黑且硬，比用純麵粉製成的白麵包更耐久放。

煙燻肉（第31頁）

儲備糧食的一種。以鹽醃過的肉，掛在燒木柴產生的煙霧中燻製數日而成。風味獨特，在阿爾卑斯地區多用山羊肉製作。

沖收下厚床單，但床單太重了，她根本拿不動，不過好厚好厚的床單正好可以防止刺刺的乾草戳出來。在他們爺孫同心協力下，一張舒適的床鋪就完成了。海蒂站在床前，一臉耿耿於懷的表情望著床鋪。

「爺爺，您還忘了一樣東西。」

「什麼東西？」

「被子呀！睡覺時要鑽進床單和被子之間。」

「這樣啊，那如果沒有被子，妳打算怎麼辦？」

「沒有就算了，爺爺，我可以蓋乾草當被子。」

海蒂貼心的這麼說，想安慰爺爺。爺爺阻止了正準備朝乾草跑過去的海蒂，從樓下拿了又大又重的麻袋上來，咚的一聲放在地板上。海蒂想攤開麻袋，袋子卻一動也不動，後來是爺爺幫忙她一起攤開，這才總算打理

閣樓（第31頁）

屋頂下方的空間，常見於西方建築物，是最簡陋的房間。在爺爺的小屋中，它不是一個房間，而是類似樓中樓的儲藏室，用來放置稻草和工具等。

窸窸窣窣

細碎的聲音，讀音為ㄒㄧ ㄒㄧ ㄙㄨˋ ㄙㄨˋ。

出一張舒適的床。

「好棒的被子！好舒服的床！啊啊，好希望晚上快點到，我想趕快睡睡看！」

「在那之前得先吃點東西才行。」

爺爺這麼說，海蒂這才發現自己早就餓壞了。她早上只吃了一片麵包配淡咖啡，之後就長途跋涉來到這裡。

「真的，您說得對，爺爺。」

「如果妳跟我有一樣的想法，我們就下樓去吧！」

來到樓下，爺爺推開灶上的大鍋子，把鐵鍊吊起來的小鍋子拉到正中間，接著坐在三隻椅腳的圓凳上，吹氣生起熊熊的火焰。當鍋子發出滋滋的聲響，爺爺便用**長鐵叉**叉起起司，拿到鍋子下方仔細烘烤，將起司烤成

長鐵叉

用來叉起切成半圓形起司，讓切面就著火烘烤的器具。烤好後刮下融化的起司，以水煮馬鈴薯沾來吃，就是瑞士最具代表的傳統料理——烤起司。

了金黃色。海蒂原本屏住呼吸看著爺爺烤起司，忽然想到了什麼，便在櫥櫃和桌子間忙碌的跑來跑去。

爺爺走了過來，發現桌上已經擺好兩人份的圓麵包、盤子和刀子。海蒂早已看清楚餐具的擺放位置。

「很好很好，不過這樣還不夠。」

海蒂跑到櫥櫃，拿來兩個小碗和杯子。

「好，這樣就可以了。對了，妳要怎麼坐呢？」

海蒂立刻衝到灶邊，將那把三腳圓凳搬過來，可是圓凳太矮了，爺爺便把她的餐點放在自己原本坐的椅子上，推到圓凳旁。

「可以了，開動吧！」

爺爺坐在桌角，吃起午餐。口渴的海蒂則將羊奶一飲而盡。

「怎麼樣？羊奶合口味嗎？」

「我從來沒有喝過這麼好喝的羊奶。」

海蒂又要了一杯羊奶，吃了抹上融化起司的麵包，由衷滿足。

用餐過後，爺爺去了羊舍。他拿起掃把打掃，再鋪上新的乾草；海蒂睜大雙眼，看著爺爺替羊群整理睡床的模樣。接著，爺爺走進只架著屋頂的工作間，鋸了圓木棒、削好木板並鑽孔，組合成一把和爺爺的那把非常相似，卻高出許多的椅子。

「妳知道這是什麼嗎？」

「我的椅子對不對？它好高喔！爺爺竟然一轉眼就做好了。」

「這孩子的理解能力真強，眼睛沒瞎。」

爺爺自言自語道，然後四處走動，忙著修繕工作間。海蒂緊跟在他的身後，爺爺做木工的模樣，怎麼看也看不膩。

傍晚，起風了，冷杉的沙沙聲越來越大聲，口哨聲也隨之響起。這時候，將彼得團團圍在中央的羊群也陸陸續續下山了。

「哇啊！」

海蒂大叫一聲，躍入羊群裡，開心歡迎今早交到的好朋友，其中兩隻白色和棕色的山羊朝爺爺靠近，舔了他手上的鹽，爺爺總是這樣迎接自己的兩隻羊。海蒂溫柔的輪流撫摸羊兒，高興得不得了。

「這是我們家的羊？兩隻都是嗎？牠們就睡在那間小屋子裡嗎？一向都是這樣嗎？」

海蒂一股作氣的問道，爺爺想插嘴回答都沒辦法。他在碗裡擠了山羊奶，把碗和一塊麵包交給海蒂。

「好了，吃下這個，就上閣樓休息吧！我得把羊關進羊舍。」

「晚安，爺爺。晚安。呃，這兩隻羊叫什麼名字？」

「白色的叫大白鵝，棕色的叫小熊。」

「晚安，大白鵝。晚安，小熊！」

風實在太大了，海蒂坐在外頭長椅上幾乎都要被風吹走。她趕緊吃完手上的食物，爬上梯子鑽進被窩，很快就進入了夢鄉。不久，爺爺也早早上床了。天空還亮著，但夏季天也亮得早，明天太陽一露臉，爺爺也同時要外出了。

當天晚上風勢特別強，四處的屋樑都發出軋軋聲。外面的冷杉，樹枝簡直要被吹斷了。

（那孩子或許會害怕。）

爺爺這麼想，爬上了梯子。月光正巧在這時灑下，海蒂把頭枕在圓嘟嘟的手上，睡得非常安穩，不知道做了什麼快樂的夢，嘴邊還掛著微笑。

爺爺凝視了她好一會兒，直到雲遮住了月亮，恢復原本的昏暗，他才回到自己的床上。

山上牧場

隔天，海蒂一大清早就被高亢的口哨聲喚醒。刺眼的陽光從牆壁圓洞射進來，床鋪和乾草都被照得亮閃閃。海蒂最初還搞不清楚自己身在何處，東張西望環顧四周，聽見外頭傳來爺爺的聲音，好不容易才理解現況。（對了，這裡是山上爺爺的家。）她回想起昨天第一次所見所聞之事，一想到這些事今天又會發生，最重要的是可以見到大白鵝和小熊，心中滿溢著喜悅。

海蒂急忙跳下床更衣。她很快就換好衣服，因為比起昨天，今天要穿的衣服少了許多。接著她爬下梯子並衝到屋外，發現彼得已經領著羊群站在那裡，爺爺的兩隻羊剛加入牠們。

海蒂跑了過去。

「早安！」道了早安。
爺爺便問她：
「要不要去牧場？」
海蒂開心得又蹦又跳。
「去牧場之前，妳先去洗臉，不然太陽公公會笑妳喔！」
海蒂用爺爺打來的水啪沙啪沙洗著臉的同時，爺爺把彼得叫進屋子裡。彼得一頭霧水不知為何要進屋，一進去爺爺便要他打開後背包，還把大塊麵包和起司塞進去。看到無論是麵包還是起司，都是將近自己便當的兩倍大，彼得非常吃驚，圓溜溜的雙眼睜得越來越大。
「還有這個。」
爺爺把碗裝進背包時這麼說。
「那孩子還不會像你一樣能直接從羊身上喝羊奶，你幫她擠在碗裡給她。還有，小心別讓她從山崖上掉下去，知道了嗎？」

這時候，海蒂跑了過來。

「這樣子，太陽公公還會笑我嗎？」

她擔心問道。她以粗糙的布用力擦拭，臉、脖子和胳膊都被她擦得紅通通的，整個人就像隻**小龍蝦**般，看得爺爺不由得笑了。

「這樣可以了，妳去吧！」

海蒂興高采烈的上山去了。夜裡的風把雲吹走了，沒有一絲雲朵的湛藍天空，從四面八方近逼而來；太陽高掛當中，照耀著翠綠的草原，藍色和黃色的花朵齊綻放，迎接著太陽。那邊有小小的紅色**櫻草**，這邊有藍色的**龍膽**，一整面盛開的花兒隨風搖曳。海蒂四處奔跑摘了好多花，多到小圍裙幾乎要裝不下了。

羊群也隨著海蒂到處亂跑，彼得一會兒吹口哨，一

小龍蝦

指的是奧斯塔歐洲螯蝦，棲息於歐洲大陸的淡水中，身體的顏色是灰褐色中帶點紅色。體長約十至十二公分，常見於法國料理中。

會兒呼喊，一會兒揮鞭，這一天趕起羊來格外辛苦。

「海蒂！妳在哪裡啊，怎麼又不見了？」彼得的聲音聽起來有點生氣。

「我在這裡！」

彼得雖然聽見聲音，卻仍舊看不見坐在山丘陰暗處的海蒂。那裡開了滿滿的**夏枯草**，她深深吸了滿懷迷人的花香。

「妳快點過來啦！爺爺交代過我，別讓妳從山崖上掉下去！」

「山崖？在哪裡？」

海蒂在原地動也不動，風一吹，就會帶來甜蜜的花香，讓她深深著迷。

「在上面，很高很高的地方。牧場還很遠，我們快

櫻草

主要生長於山區，報春花科多年生草本植物。春天開花，由於數朵紫紅色櫻草花朵在一起看起來就像一把鑰匙，在德國也稱作「鑰匙花」。

走吧！山頂有老鷹爺爺喔。」

這句話見效了。海蒂立刻跳起來，撩起圍裙包住滿滿的花，跑到彼得身邊。

「不要再摘花了，妳走得太慢了。摘那麼多，連明天的份都被妳摘光了！」

海蒂認為彼得說得很對，趕緊跟上。羊兒已經聞到遠方牧場的青草香，不像剛才那樣分散，而是頭也不回的往前走。

牧場就位於屹立藍天下的險峻山崖邊，其中一側是懸崖，下方就是非常深的山谷，也難怪爺爺會擔心。彼得把後背包放在小小的窪地裡，避免被風吹走，接著便悠閒的躺下。

海蒂把花綁成一束放在後背包旁，接著坐在彼得的

龍膽（第42頁）

自然生長於山野中，高約二十至六十公分的龍膽科多年生草本植物。花期在秋天，會開藍紫色的花。

身邊，將四周環視了一圈。

早晨的陽光照射著山谷，連遙遠的彼方都被照得發亮，壯觀的冰河矗立在眼前，直達天際。左右兩邊都是巨大的山崖，莊嚴俯視著海蒂。四周陷入一片寂靜，只有微風輕撫著藍色、黃色的花朵。

彼得累得睡著了。羊群四散在高處。海蒂從未有過這樣的好心情，好想永遠待在這裡。她甚至覺得群山都有各自的模樣，像是親密的朋友般守護著自己。

就在這時候，尖銳的叫聲從頭上傳來。從未見過的大鳥展開雙翼，在天空勾勒出弧線，才正以為牠離開了，下一秒又飛回來，在海蒂頭上發出震撼人心的叫聲。

「彼得，彼得，快起來！你看，有老鷹在飛。你

夏枯草（第43頁）

整體被白色短毛包覆，唇形科多年生草本植物，初夏會開許多藍紫色的小花。

看！你看！」

彼得坐起身，和海蒂一起目送越飛越遠，最後消失在山崖另一頭的老鷹。

「牠去哪裡了？」

「回到自己的巢穴。」

「原來牠的家在山上？好好喔，老鷹為什麼會發出那種叫聲？」

「哪有為什麼，老鷹的叫聲就是那樣子呀。」

「我們要不要爬去那裡？我想看老鷹在家裡的模樣。」

「別開玩笑了！就連山羊沒辦法爬那麼高，更何況爺爺也叮嚀過千萬要小心。」

彼得使勁吹了好幾次口哨，海蒂搞不清楚怎麼一回事，但羊群都聽懂了，牠們這兒一隻那兒一隻的跑了過來，在草地上聚了起來，有的在吃草有的四處奔跑，一會兒打架一會兒玩耍，海蒂感到十分新奇，興奮的逗著羊群。

彼得趁這時候打開便當，把大白鵝的奶擠在碗裡，數度用大到要產生回音的音量呼喊海蒂，可是海蒂的注意力全放在羊兒身上，根本沒在聽，彼得覺得要叫海蒂過來簡直比集合羊群更棘手，氣得他大吼：

「妳到底要亂跑到什麼時候？快坐下來吃飯！」

「我可以喝這碗羊奶嗎？你的呢？」

「我會直接喝慢吞吞的奶。」

海蒂將麵包剝成兩半，彼得正好吃完自己的便當。

「這個麵包和起司給你，我吃這些就夠了。」

彼得訝異得說不出話來，只是直看著海蒂，因為從來沒有人這麼對他，他不敢置信，顯得驚慌失措。當麵包放在他的大腿上，他終於明白海蒂真的是要分給他，便心存感激收下這份禮物。這是彼得成為牧羊人以來，第一次午餐吃得這麼飽。

「你可以跟我說這些羊咩咩的名字嗎？」海蒂問道。

對彼得來說，根本易如反掌，他滿腦子只裝著羊群的名字，其他什麼也沒有。於是他按順序指著一隻隻羊，滔滔不絕的念出牠們的名字。海蒂全神貫注聽著，努力記下羊兒的名字；每一隻羊的名字都跟牠的特徵有關，花不了多少時間，她就能

叫出牠們的名字。

「暴徒」的身體壯碩，羊角又粗又大，經常要找其他羊隻打架，牠一走近，其他羊兒就趕緊逃之夭夭，唯獨一隻瘦小又敏捷，名叫「**小花雀**」的小羊天不怕地不怕，會不斷攻擊牠，連暴徒都拿牠沒轍，不會和牠打架。

嬌小的白羊「小雪」總是發出令人揪心的叫聲。有好幾次牠一叫，海蒂都會飛奔過去摟著牠的頭安慰。

「怎麼了？為什麼發出這麼不安的叫聲？」

小雪緊緊靠在海蒂身上，一動也不動。

「那傢伙的媽媽前天被賣掉了，牠們再也見不到面。」

彼得一面嚼著嘴裡的食物一面說。

小花雀

瑞士產的吐根堡種山羊，身體為褐色，臉上有白色花紋。可能牠的顏色和花紋，像極了有褐色翅膀和白色花紋的花雀（俗稱虎皮雀），才會取這個名字。

「小雪好可憐，你不要再哭了，我會陪你，你懂嗎？」

小雪開心的用頭磨蹭海蒂，稍微打起精神叫了一聲。不久，彼得也吃完了午餐，羊群又四散到山頂上去了。海蒂興致昂然的看著羊群，說出一句：

「彼得，你不覺得大白鵝和小熊是最漂亮的羊嗎？」

「那當然！爺爺不但幫牠們洗澡、餵牠們吃鹽，還幫牠們蓋堅固的小屋呢。」

就在這時候，彼得忽然跳起來撥開羊群，朝陡峭的懸崖衝去，不明白發生了什麼事的海蒂也跟著跑了過去。

莽撞的小花雀朝懸崖跳了過去，彼得可沒有漏看到牠偷跑，在千鈞一髮之際抓住小花雀的腳，接著就摔倒在地。被彼得攔下而瘋狂掙扎的小花雀不但拚命大叫，同時還企圖再往懸崖邊移動。

「快過來幫忙，海蒂！」

海蒂趕緊拔起一把草，遞到小花雀的鼻子前面，安撫著牠：

「好了，小花雀，你要乖喔。要是從這裡掉下去，你會摔斷腿，好痛好痛喔。」

小花雀很快轉過頭來，津津有味的吃起海蒂手上的草。彼得趁機爬起來，抓住牠脖子上掛著**鈴鐺**的繩子。海蒂也從另一側抓緊繩子，兩人一起把小花雀帶回羊群中。

走到足以放心的地方，彼得突然舉起鞭子打算教訓小花雀。小花雀嚇得往後退，海蒂大叫：

「住手，不要打牠！小花雀都怕成這樣子了。」

「誰叫牠不乖！」

彼得仍然高舉起手，海蒂攀住他的胳膊，氣呼呼的說：

「我說不可以就是不可以！小花雀會痛，不能打牠！」

彼得訝異的注視著海蒂那雙燃燒般的黑色眼瞳，不

鈴鐺

掛在山羊或牛的脖子，內有金屬片的空心圓球。有著各種不同的音色，飼養牛羊的人會聽聲音來分辨家畜的所在位置。

知不覺就放下了鞭子。

「明天我會把起司全部給你，以後也通通給你，也會像今天一樣給你很多麵包，不准你打小花雀、小雪還有所有的羊！」

「哦。」

彼得這麼說，意思是他明白了。小花雀高興得跳了一下，隨即跳進羊群裡。

不知不覺中，太陽逐漸西下。金黃色的夕陽將**風鈴草**和**聖誕玫瑰**的花朵照得閃亮，四周一整片的草原也染上淡淡的金黃色。原本不發一語望著這副景象的海蒂忽然整個人彈起來大叫：

「彼得、彼得，失火了！整座山都著火了！那邊的雪和天空都燒起來了！啊啊，你看你看，燃燒的白雪好

風鈴草
花朵呈吊鐘形的植物統稱。

美啊！你看上面，火焰上升到老鷹飛翔的地方呢！那座山、那棵冷杉全部都燒起來了！」

「一直都是這樣啊，不過不是失火啦。」

彼得心情已好轉，手上剝著榛樹樹枝製成的鞭子皮一面說。

「那到底是什麼？彼得，那到底是怎麼一回事？」

如此瑰麗的景象，海蒂不願錯過任何一個畫面，忙碌的東奔西跑還一面大叫。

「怎麼一回事？自然就會那樣啊。」

「你看嘛，漸漸變成玫瑰色了，玫瑰色的雪好漂亮喔！山崖上開了好多好多玫瑰花。咦？又慢慢變成灰色了。怎麼辦？全都不見了。啊啊，彼得！」

海蒂蹲在地上，神情看起來相當悲傷。

聖誕玫瑰

耐寒的毛茛科多年生草本植物。花朵直徑約五至六公分，會從白色逐漸轉變成紫色。

「明天還是會再來一次的。好了，站起來，該回家了。」
彼得吹起口哨，羊群全都下山集合了。
「牧場一直都會那樣嗎？」海蒂問。
想必她很希望彼得回答說「沒錯」。
「嗯，多半會。」
不過彼得卻這樣回答。
「那明天也會這樣吧？」
「對啊，明天應該會吧！」
於是海蒂又打起了精神。不過天空一連串的變化讓她一時無法理解，一路上只是不發一語的走著，不久後便看見坐在冷杉下長椅上的爺爺。她和大白鵝及小熊朝爺爺跑了過去，彼得對著她的背影大喊：
「明天也要來喔，晚安。」
彼得由衷希望海蒂再和他一起上山。聽到他這麼說，海蒂趕緊跑回他的身邊，牽起他的手。

「我會去，我一定會去！」

她回答，並把手繞在羊群中的小雪的脖子上。

「晚安，小雪。明天我一定會去，你不要再哭唷。」

海蒂輕聲說道。小雪開心的抬頭望著她，隨即精神百倍追上同伴。海蒂回到冷杉樹下。

「爺爺，真的好美喔！山崖失火，還有玫瑰花。來，這是送您的禮物。」

沒想到從圍裙拿出來的花朵早就枯萎，面目全非。所有的花都謝了，沒有一朵倖免。

「咦？怎麼回事？這些花明明不是這樣的啊，爺爺。」

海蒂大吃一驚，發瘋似的大叫。

「花兒啊，與其待在圍裙裡，更喜歡在外面享受太陽公公的光芒。」

「這樣的話，我就再也不摘花了。」

「好了，先去洗洗腳，其他的事吃飯時再聽妳說。」

海蒂坐上爺爺身旁的高腳椅，羊奶碗端到她面前時，忍不住問：

「為什麼老鷹老是朝地上叫呢？爺爺。」

「老鷹啊，看到人類在地上聚在一起，相互怨恨爭執，牠就嘲笑人類說：『何不一個人走自己的路呢？像我一樣孤單，也能活得很好』。」

爺爺說這段話時的口氣非常粗野，海蒂聽了，耳底響起了老鷹的叫聲，而且比在山上聽到時更震撼她的心。

之後，心情很好的爺爺對海蒂的發問有問必答，告訴她許多山的名字。

「怎麼樣，妳喜不喜歡牧場？」

爺爺問道。

海蒂把今天發生的事，一五一十說給爺爺聽，包括日落時那副景象有多麼驚人。爺爺則告訴海蒂，彼得所不知道的，山像是失火了的理由。

「是太陽公公讓山變成那樣子的。他把一天當中最美麗的光芒投射在群山，並且對他們道晚安，要他們別忘了自己，直到明天再會。」

爺爺這番話讓海蒂非常高興。但是明天的早晨來臨了，自己還能夠再去牧場嗎？能夠再次看到太陽對群山道晚安的景象嗎？海蒂實在不敢相信，可是睡覺時間到了，她也想睡了，就沒有再追問。一整個晚上，海蒂都做著紅色玫瑰花盛開，群山閃耀的夢，睡得好熟好熟。在夢裡，小雪開心的活蹦亂跳。

彼得的奶奶

隔天早上也是個晴朗的好天氣。彼得領著羊群來找海蒂，一起前往牧場。他們每天都這樣生活，海蒂有如住進森林的小鳥，過著開朗滿足的日子。

可是到了秋天，山上颳起颼颼的強風，爺爺便說：

「今天很危險，海蒂不可以去牧場。」

彼得非常失望。海蒂不去的話，他不但無聊，午餐的份量也會減少，況且他一個人帶領著已與海蒂非常親膩的羊群，辛苦程度非同小可。

對海蒂來說，牧場是她覺得最有趣的地方，但是看爺爺忙著做木工和**製作起司**，也是非常美好的體驗。爺爺捲起衣袖，攪拌大鍋子，將羊奶做成一顆顆充滿光澤的圓起司。然而在起風的日子，讓海蒂深深著迷的，卻是後面三棵冷杉像巨浪般搖晃，以及沙沙作響的聲音。那深沉奇妙的嘈雜聲，讓海蒂全神貫注豎起耳朵，用雙眼與耳朵，記下巨大力量穿梭在樹枝間，發出聲響與搖盪的模樣。

太陽失去夏季的酷熱，氣候越來越涼爽，海蒂也從壁櫥拿出秋冬的鞋襪和衣服換季。天氣一冷，早上彼得上山時，會一邊哈氣暖手一邊爬上來。但是某天，下了一整晚的雪，到了早上，白雪覆蓋了整個山頭，彼得竟沒有上山來。

海蒂訝異的從小窗戶望著外頭。停了一陣子的雪又再下了起來，大片的雪花不斷從天空飄下。雪越積越深，甚至連窗戶都開不了，人都被關在屋子裡。

海蒂不知道接下來會發生什麼事，不斷從這扇窗戶興奮的跑到下一扇窗戶。某天，雪終於停了，爺爺走到

製作起司

將羊、牛或犛牛的乳汁加熱，加入酵素或酸（醋或檸檬汁等），讓液體和固體分離。收集固體並經過加工，發酵三至六個月後的成品就是起司。一瓶牛奶瓶的乳汁，只能做出大約二十公克的起司，故需要大量的乳汁。

屋子外面，奮力鏟雪。小屋四周堆起好幾座大得驚人的雪堆，窗戶和門終於又可以打開了。

這一天下午，爺爺和海蒂坐在火堆旁，忽然響起有東西撞擊門的聲音，緊接著是一連串敲門檻的咚咚聲，門好不容易打開了，原來是彼得。他一個星期沒見到海蒂，於是在寒冬中克服厚厚的積雪，全身又是雪又是冰的爬上山來。剛才的咚咚響聲，就是他為了清掉鞋子上的雪，猛踢門檻的聲音。

「午安。」

彼得打了聲招呼，接著來到火堆旁，再也沒有說第二句話，但他的臉上堆滿了來到這裡的喜悅。水珠開始從他的身上滴落，簡直像個人型小瀑布。海蒂對這樣的彼得感到驚愕，目不轉睛看著他，這時爺爺開口了。

「老大，你怎麼了？最近都沒看到你，也沒帶家僕，我猜你是在咬石筆吧？」

「為什麼彼得要咬石筆？」

海蒂立刻發問。

「一到冬天，彼得就必須去**學校**，在那裡學讀書寫字，但這件事很困難。咬一咬石筆，有時候會變得比較聰明，我沒說錯吧？老大。」

「嗯，沒錯。」

彼得點頭。

學校是什麼？海蒂一想到這裡，便迫不及待對彼得展開攻勢發問。彼得原本就不擅長表達自己的想法，碰到這種情況只能投降。還沒有回答完一個問題，海蒂又繼續問了第二個、第三個問題，讓彼得語無倫次。爺爺雖然沉默不語，但看他嘴角上揚了好幾次，想必是聽著他們兩個人的對話。

「老大，你好像遭到海蒂的集中砲擊，現在你得填飽肚子才行。好了，過來這邊，一起吃飯吧！」

石筆

用柔軟的葉蠟石所削成的細長棒狀物，可在薄板岩製成的板子（石盤）上寫字繪圖。十九世紀的學校文具用品之一。

學校

瑞士於一八七四年制定了九年義務教育的制度。各州規定有些許不同，小學為六至七歲入學，時間為六年（有些州是四年），畢業後晉升至上級課程。

自從爺爺不再是獨自生活後，不但又做了好幾張椅子，房間的牆上也設置了收納式長椅，因此也多了可以給彼得的座位。海蒂一整天都跟著爺爺，爺爺走路，她也走路；爺爺停下腳步，她也停下腳步；爺爺坐下，她也跟著坐下。

當爺爺把麵包切成圓片，放上令人垂涎欲滴的煙燻肉時，彼得的雙眼張得又圓又大，過去他從未吃過這種美食。快樂的用餐時光結束，外頭的天色逐漸變暗，彼得也準備要回家了。

「晚安，下星期天我會再來。還有，我奶奶說想見見海蒂。」

有人想見她，是海蒂做夢也想不到的事，她已經按捺不住了。

「今天我一定要去，奶奶在等我。」

海蒂日復一日對著擔心雪況，不肯讓她出門的爺爺這麼說。

就這樣，四天過去了。天氣實在太冷，雪原早已結凍，在外面走起路來會鏗鏗響；天空萬里無雲，太陽從窗戶將光芒投射進來。

「今天我非去不可，奶奶一定等累了。」

海蒂這麼說，爺爺便從樓上把她的被子，也就是那個大布袋搬下來。來到外頭一看，陽光把堆在冷杉樹枝上的白雪照得亮閃閃，美不勝收。爺爺從工作間拉出大**雪橇**坐了上去，接著讓海蒂坐在他大腿上，用布袋包住她，同時用左手抱緊。爺爺的雙腳蹬了下地面，雪橇便以驚人的速度往山下滑行。

海蒂猶如化身為翱翔天空的鳥兒，開心得不得了。「哇啊！」她放開嗓門大叫，不久後雪橇就停下，原來已經到彼得家了。爺爺從雪橇上把海蒂放下來。「好了，妳去吧！日落後就該回家了，到時記得出來。」

他說道。然後拉著雪橇掉頭，沿著山路往上爬。

海蒂打開門，門裡是狹窄的廚房，伸手不見五

雪橇

滑行在雪和草上，運送人或物品的工具。駕駛坐在又寬又平的台子上，單腳踢地面來決定前進方向。

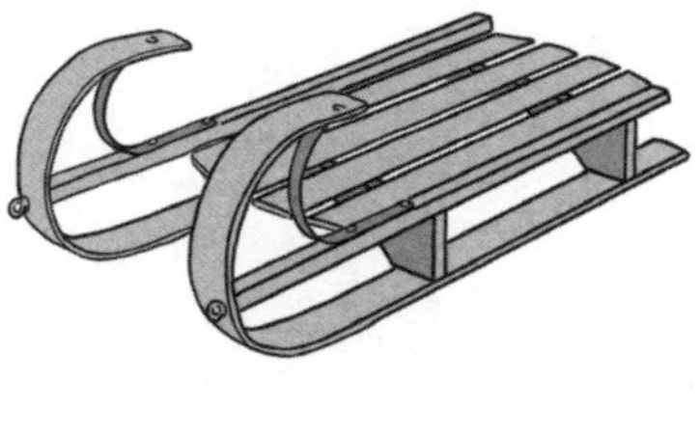

指。裡面還有另一扇門，通往一個狹窄的房間。這是一間又小又寒酸的房子。

屋裡有個女人在縫補東西，海蒂一眼就認出來那是彼得的外衣。角落有個駝背的老奶奶在紡紗，海蒂立刻筆直朝她走過去。

「奶奶您好，我終於來了。您會不會覺得我來得太慢了？」

她這麼說。奶奶抬起頭，找到海蒂的手，一邊思考一邊輕撫她的手。

「妳就是山上老伯家的孩子？叫海蒂對嗎？」

奶奶說道。

「是的，我剛才和爺爺一起搭雪橇下山來。」

「真的是這樣嗎？不過，這孩子的手暖呼呼的。布麗姬特，真的是山上老伯親自把她帶來的嗎？」

彼得的母親布麗姬特不斷打量著海蒂。

「我沒看到，但應該不可能吧！這孩子是不是還不太懂事？」

「我懂。是爺爺用被子把我裹起來，帶我來這裡沒錯，這點小事我還明白。」

海蒂目不轉睛的直看向布麗姬特伯母的雙眼。

「看來彼得在夏天說的話並不是騙人的。有誰能料想到竟然發生這種事？這麼小的孩子，我以為她在山上頂多待兩、三星期就會受不了了。布麗姬特，這孩子長得什麼模樣？」

奶奶這麼說。

「她長得很可愛喔！和阿黛海德很像，不過眼珠是黑色的，頭髮捲捲的，是遺傳自父親吧！」

就在布麗姬特伯母說著這些話時，海蒂仍然好奇環視著四周。

「奶奶您看，那扇**遮雨窗**搖搖晃晃的，都快掉了。只要跟爺爺說，他一定會馬上來修好。」

她這麼說。

遮雨窗

防止風雨侵襲，裝設在窗戶外側的窗片。在歐洲是從中間往左右兩側開啟，大多是木製。

「真的呢！我聽得見，所以我知道。不只是遮雨窗，夜晚一起風，我就會打從心底害怕，擔心所有的東西全都掉下來。偏偏沒有人能夠修理這間屋子，彼得又靠不住。」

奶奶說道。

「可是，您聽得見也知道，為什麼看不到那扇遮雨窗呢？」

海蒂指著窗戶。

「因為我看不見呀！不只遮雨窗，任何東西我都看不見。」

「那我去打開遮雨窗，變亮之後，您就會看得見吧？」

「沒辦法，任何人都沒辦法治好我的眼睛。」

「還是我們去外面的白雪中走一走？外面很亮，您一定看得見的，來，我這就帶您去。」

海蒂拉起奶奶的手。奶奶的眼睛很暗，看得海蒂心生恐懼。

「沒關係，我們還是算了吧。妳真是善良的孩子，可惜不管是雪還是太陽公公，我都已經看不見了。」
「可是，到了夏天，」海蒂嚴肅的說，「太陽公公又會用力照耀，山也會像著火那樣發光，到時候您就會看得見吧？」
「海蒂，我看不見啊，這世上的所有東西，我再也看不見了。」
海蒂終於忍不住激動的哭了起來。
「有沒有誰能夠讓您再看見呢？沒有人辦得到嗎？真的沒辦法嗎？」
奶奶想盡辦法安慰海蒂。雖然海蒂是個難得哭泣的孩子，哭起來卻是一發不可收拾。
「海蒂，妳過來我身邊。我雖然看不見，可是聽到體貼的話會特別高興。多說一些妳的事情給我聽，妳和爺爺都在山上做些什麼？以前我和他也算有點交情，可是也許久沒有他的消息。彼得偶爾會告訴我一些，偏偏他不太愛說話。」
這時候，海蒂想到一個好主意，趕緊擦去眼淚。
「奶奶，您等我，我會把這裡所有的情況都告訴爺爺，他一定能治好您的眼睛。還有，爺爺還會修好你們的房子，任何東西他都會修理。」

海蒂一口氣也不停的敘述她和爺爺的生活，包括牧場的事、目前的冬季生活、爺爺會用木頭做出各式各樣東西：長椅、櫈子、裝乾草的飼料桶、夏天玩水用的**浴盆**、羊奶碗和湯匙，任何一塊普通的木板只要經過爺爺的巧手就會變成各種實用的器具，這些海蒂都在一旁目睹經過，她一五一十說給奶奶聽。

奶奶一面專心聆聽，一面重複這些話。

「布麗姬特，這孩子說的，妳聽到了沒有？真令人不敢相信啊。」

門口忽然發出一聲巨響，原來是彼得放學回來了。他看到海蒂大吃一驚，雙眼瞪得像盤子那麼大，接

浴盆
盛裝冷熱水用的大型木製容器。從前還沒有浴室的時代，都用浴盆來洗澡。

著就高興得把臉都笑歪了。

「都這個時間了？歡迎回家，彼得。會認字了嗎？」

奶奶問道。

「還好。」

彼得回答。

「這樣啊？你今年二月就要十二歲了，趕快學會認字，我想要你讀那本收在櫃子上面的**歌本**給我聽。」

奶奶語帶嘆息，像是刻意說給海蒂聽。

「咦？該開燈了，已經這麼暗了。」

聽到布麗姬特伯母這麼說，海蒂整個人從椅子上彈了起來。

「晚安，奶奶。太陽下山了，我得回家了。」

當她正朝門口走去時，奶奶擔心的大叫。

歌本
收集基督教在禮拜時所唱的讚美詩歌的書。內容為讚揚上帝，撫慰與鼓勵信徒心靈。

「等一下，海蒂，讓彼得送妳回家。布麗姬特，海蒂有沒有圍圍巾？把我的披肩拿給她，動作快！」

彼得和伯母追著海蒂來到外頭，正巧看到爺爺從山上踩著雪走下山來。

「海蒂，妳是個好孩子，乖乖遵守我們的約定。」

爺爺說道，同時用手中的布袋把海蒂緊緊包住並將她抱起，就這樣走回家了。

彼得和布麗姬特伯母目睹了這一切，回家告訴奶奶這個驚人的事實，奶奶重複說好幾次：「原來他那麼疼愛那個孩子呀！真是太好了。不曉得他下次什麼時候願意再讓海蒂下山？多虧了那孩子，讓我多了活下去的樂趣。」

布麗姬特伯母不斷答腔，彼得也開心說道。

「我早就料到會是這樣了！」

一路上，海蒂很想向爺爺搭話，只是厚厚的大布袋阻斷了她的聲音。一抵達山上小屋，她就急著掙脫布袋。

「爺爺，明天請您帶著鐵鎚和大釘子，去幫奶奶修遮雨窗吧！還有其他很多壞掉的地方需要修理，好嗎？爺爺。」

「妳要我做這些事？哼！是誰教妳這麼說的？」

「是我自己想的。奶奶說風一吹，她就怕屋裡的東西會全部掉下來，非常害怕呢！而且奶奶的四周總是黑漆漆的，任何人都沒辦法幫她。可是爺爺您有辦法對不對？明天過去幫她修好，可以嗎？爺爺！」

海蒂倚靠在爺爺身上，眼神堅定的仰望他。爺爺與海蒂對望許久，最後終於回她：

「好吧，我知道了。我會修好奶奶的家，這點小事我辦得到，明天我們就去。」

海蒂開心得手舞足蹈。

隔天，爺爺真的實現了他的諾言。他讓海蒂進入屋內，自己則是在屋子外巡視。

海蒂跟奶奶聊得正愉快時，屋子忽然發出「砰砰砰！」的巨響，好像有什麼東西撞過來似的。奶奶嚇得魂飛魄散，紡車也不停震動，幾乎要整台翻倒。

「啊啊！上帝啊，這屋子終究要垮了。」

奶奶慘叫道。

「不是的，奶奶，您不用害怕，這是爺爺拿鐵槌敲打的聲音。」

海蒂緊緊抓住奶奶的手臂安撫她。

「真的嗎？原來上帝還沒有遺棄我們。布麗姬特，妳去帶老伯進來，我想向他道謝。」

伯母走到屋外去叫爺爺，但他堅決不肯。

「不用了，你們在背後對我說三道四，我清楚得很。妳進去吧，不要妨礙我檢查還有哪裡壞掉。」

爺爺說道。他在外面不斷敲敲打打，天色一暗，又一手抱著海蒂，一手拉著雪橇回山上去了。

就這樣，冬天過去了。天氣晴朗的日子，海蒂會搭雪橇下山陪奶奶聊天，爺爺便趁這時候在外面修補小屋。

「今天日落得好快啊！」

每到傍晚，奶奶沒有一天不說這句話。

「就是說啊，我才剛收好碗盤呢。」

布麗姬特伯母就會如此回答。

海蒂非常喜歡奶奶，可是一想到即使是爺爺也無法治好她的眼睛，她的一顆心就會揪在一起。

「看不見一點也不痛苦，只要妳願意陪著我就夠了。」

奶奶這麼安慰她。

爺爺伸出援手，幫了彼得一家人非常大的忙。即使到了晚上小屋也不會發出怪聲，奶奶說她好久沒有在冬天睡得這麼熟了，還說絕對不會忘記爺爺的恩情。

接二連三的客人，以及……

轉眼間，冬天過去了，快樂的夏天也在轉瞬間結束。下一個冬天即將邁入尾聲，海蒂已經迫不及待要迎接春天。從阿爾卑斯山另一頭吹來的**暖風**，吹得冷杉沙沙作響；等白雪融化，藍色和黃色的花朵綻放後，快樂的牧場生活就要揭開序幕。

海蒂八歲了。她從爺爺那裡學會許多事情，兩隻山羊也跟她很親近。在這個冬天當中，彼得替德爾弗利村小學的老師帶了兩次話，叮嚀爺爺要讓海蒂上學。可是爺爺總是說：

「我不會讓小孩子上學。有意見的話，請他自己來講。」

三月的陽光融化了山上斜面的雪，谷地滿滿一整面都是盛開的**雪花蓮**。山上的冷杉也抖落了樹枝上的雪，再度隨風搖曳。海蒂到處奔跑，忙著報告爺爺哪棵樹下的綠地又多了多少，才一說完又立刻跑去看。

某個陽光溫和的晴朗日子，四處奔跑的海蒂面前，突然出現了一位身穿黑衣的陌生老爺爺，讓她嚇了一跳。

「妳不用害怕，我很喜歡小孩子。來，我們握個手吧！妳是海蒂對吧？妳爺爺在哪裡？」

這個人是村裡的牧師。過去爺爺還住在村裡的時候，牧師就是他的隔壁鄰居，因此他熟知爺爺的過去。牧師走進小屋，對正在削木湯匙的爺爺說：

「你好啊，我的鄰居，好久不見了。我今天來，想和你商量一件事。」

牧師說完便停了下來，望向站在門口注視家中未曾出現過的訪客的海蒂。

暖風

風越過高山往下吹時，空氣會比上風處溫暖而且乾燥。在阿爾卑斯地區，常發生於北方斜面。

雪花蓮

石蒜科的球根植物，高約二十至三十公分。非常耐寒，初春時開花，花朵下垂，色如白雪。

「海蒂，妳拿一點鹽去餵羊，等一下我會去叫妳。」

聽到爺爺這麼說，海蒂二話不說立刻照辦。於是，牧師繼續說：

「那孩子一年前就該去上學了。老師請人通知過你了，你卻沒有答覆他。我的鄰居，你到底打算怎麼做？」

「我不會送那孩子去上學。」

爺爺斬釘截鐵回答。他雙手抱胸，擺出絲毫不肯退讓的態度。

「那孩子要跟山羊和小鳥一起長大，生活在大自然裡就不會學壞。」

「可是她不是山羊，也不是小鳥，她是人類的孩子。留在這裡當然不會學壞，相對的也學不到任何知識。趁現在學習還來得及，快讓她上學念書。今年冬天就讓她去上學吧！」

「我拒絕，牧師。」

「我還以為你很明理呢，我的鄰居。」

「冰冷積雪的山路，連我們這種大人走起來都很辛苦，你卻要讓那麼瘦弱的孩子冒著風雪每天早晚走山路？且是要花上兩小時的路程啊！我想你大概不記得了，那孩子的母親有**夢遊症**，難道你忍心讓她那麼辛勞，病倒也無所謂嗎？」

「你說得很對，從這裡沒辦法通學，那孩子似乎也很黏你，我想這樣吧，為了她，你不如下山來吧？你們至今沒有凍死在山上，簡直是奇蹟。」

「我們在山上過得很好，冬天會持續在小屋裡生火。牧師你或許覺得我過得很悽慘，村人大概也都在嘲笑我，而我也是這樣看你們的，所以我認為保持距離對雙方都好。」

「真的是這樣嗎？你說村人批評你，我認為你不需要為此擔憂，我不會騙你。你和上帝和好，請祂原諒你，這麼一來，別人看你的眼光就會改變，你的心情也

夢遊症
睡到一半突然醒來，到處走了一陣子後，又進入睡眠狀態，醒來後卻完全不記得。一般認為病因有可能是心裡有複雜的煩惱所致。

會變得舒暢。今年冬天，你一定要下山來。我等你，我的鄰居。」

牧師握住爺爺的手真誠的說。不過爺爺卻清楚的回他：

「謝謝你的忠告，但我不會照做的。」

最後牧師只能沮喪的下山了。這一天，爺爺非常鬱悶，也很少跟海蒂說話。

但是到了隔天，又有客人上山了。這次的客人是黛特。黛特戴著**有羽毛裝飾的帽子**，穿著裙擺很長的裙子，她走過去的地方，裙子就會自動把灰塵掃成一堆。

爺爺不發一語瞪著黛特，黛特卻頻頻說著一連串恭維的話。她喋喋不休說著當初把海蒂託付給爺爺的藉口，還說至今沒有一天忘記海蒂的境遇，今天上山來也

有羽毛裝飾的帽子

用雞、天鵝、孔雀等的羽毛裝飾的帽子。

是為了她，要告訴他們一件好事。

「不瞞您說，這項差事的條件實在太好了，一開始我還不敢相信呢！目前我任職的宅邸的主人，他有個親戚是富翁，他家可說是法蘭克福一帶最豪華的。他有個獨生女，不良於行，平時都是坐輪椅。他覺得女兒孤零零的，非常可憐，想替她找個伴讀兼玩伴。聽說是想找天真又坦率的孩子，我立刻想到海蒂。於是我就告訴那位富翁關於海蒂的事，他聽了非常中意。天大的幸福正等著海蒂，簡直像做夢一樣……」

「妳想說的話都說完了嗎？」

一直沉默不語的爺爺，打斷了黛特的話。

「您說什麼？說得好像這種待遇到處都碰得到似的！有這麼幸運的機會降臨卻不感謝上帝的人，整個普雷蒂高，恐怕也只有您！」

「隨便妳愛把這個機會讓給誰都行，我可不會答應。」

「您別怪我不客氣，那孩子已經八歲了，您還不讓她上學，也不帶她上教會，村裡的人都在怪罪您。難得海蒂就要轉運了，您竟然把這個送上門的好機會推掉，只有不希望別人得到幸福的人才會這麼做！村裡所有人都站在我這邊，請您做好心理準備，若是要打官司，法庭上肯定會舊事重提，連您不想提起的過去都會被挖出來！」

「閉上妳的嘴！」

爺爺怒吼道，雙眼猶如熊熊燃燒的火焰。

「想帶走她就帶走吧，儘管去斷送她的將來。今後再也不准妳帶著她出現在我面前，我死也不想看到那孩子跟妳一樣，戴著羽毛帽子，沒完沒了說個不停！」

爺爺大步朝外頭走去，海蒂有點生氣的對黛特說：

「妳讓爺爺生氣了。」

「他馬上會氣消的。好了，我們走吧，妳的衣服在哪裡？」

「我不去。」

「妳這孩子胡說什麼呀！」

黛特忍不住粗暴的說，但馬上換成有點溫柔，又半帶著憤怒的口氣說：

「或許妳不太懂，但這真的是天大的好事。」

她打開櫃子，打包了海蒂的行李。

「好了，我們走吧，把帽子戴上。這帽子好怪，算了別戴了。」

「不要，我才不去！」

「說什麼傻話！妳真頑固，是跟山羊學的嗎？爺爺生氣了，妳也聽到了吧？他把我們趕走了。不過沒關係，法蘭克福是個好地方，妳去了覺得不喜歡再回來就好了。」

「可以馬上回來嗎？今天晚上就可以回來？」

黛特拎起行李，牽起海蒂的手，兩人就這樣下了山。

這一天，彼得蹺課沒去上學，在附近閒逛，還扛著一根又長又粗的**榛樹**樹枝。榛樹樹枝做成的鞭子很好用，在學校念書卻一點也派不上用場。因此，在彼得看來，閒逛是一件有用的事。他停下腳步，凝視著朝這邊走來的兩個人。當她們走近自己時，他開口搭話。
「海蒂，妳要去哪裡？」
「我要去法蘭克福，我得快去快回。不過出發之前，我想去見奶奶一面。」
「不行，沒時間了，改天吧。好了，快走！」
黛特慌張拉著海蒂的手說道，非常擔心海蒂會改變心意。彼得衝進家中，用力把樹枝扔在桌上。奶奶吃驚的大聲問他：
「怎麼了？發生了什麼事？」
「海蒂被帶走了！」
聽到這句話，奶奶恍然大悟。布麗姬特剛才才告訴她，她看見黛特上山去了。奶奶不停發抖，從窗戶以哀求的聲音吶喊：

榛樹（第81頁）
生長在日照充足的山地的落葉灌木。高約五公尺，初春會先開花再長葉子。它的果實被稱作「榛果」，可食用，營養價值很高。

「黛特！黛特！求求妳不要帶走那孩子，求求妳不要把她從我身邊奪走！」

奶奶的聲音傳到她們兩人的耳裡，黛特把牽海蒂的手握得更緊，盡可能加快腳步。海蒂抗議道：

「奶奶在叫我，我去去就來。」

「太晚去會給人家添麻煩。妳一定會喜歡法蘭克福，想回來的話，隨時都可以回來，到時候帶一些禮物回來給奶奶就好了。」

黛特用這番話努力安撫海蒂，海蒂也同意並且乖巧趕路。

走了好一陣子，海蒂問：

「送奶奶的禮物，準備什麼比較好呢？」

「送她又軟又好吃的**白麵包**如何？奶奶一定會很高

白麵包

用小麥麵粉揉成麵糰，經烘焙而成的麵包，裡面是白色的，口感柔軟。較混了黑麥烤成的圓麵包或是用黑麥製成的黑麵包要容易入口。

興。」

「也對，奶奶說黑麵包太硬了，都給彼得吃。那我們快點趕路吧，阿姨。」

海蒂拉著黛特的手跑了起來。事情比料想中的還要順利，黛特喜上心頭。不久後抵達德爾弗利村，在這裡也有村人向她們搭話，黛特怕深怕海蒂又改變心意，牽著海蒂拉緊她的手，有人找她們攀談就隨便敷衍個兩句，一溜煙就離開了。

黛特帶走海蒂之後，山上老伯來到山下的德爾弗利村時，表情比以前更加彆扭了。他背著裝起司的籃子，拄著粗大的拐杖，濃眉皺在一起，賣了起司去買麵包與肉時，也不和任何人多交談一句，辦完事就立刻回家。村人見到他這副模樣，都聚在一起七嘴八舌。

「他真是越來越讓人難以親近。」

「今天他對向他打招呼的人一概沒有回應。」

然後，所有人都異口同聲說，幸好海蒂逃離了他的身邊。那一天，海蒂拚命往前跑，看起來就像畏懼爺爺會追上來，將她帶回山上似的。

唯獨彼得的奶奶護著他，不厭其煩告訴那些來家裡託她紡紗工作的人，爺爺有多麼疼愛海蒂，照顧她有多麼周到，花了多少時間修繕他們的房子。然而大多數的村人都認為奶奶是年紀大，頭腦不清楚了。

爺爺也不再去彼得家，好在他的木工很實在，讓這個家免於傾倒。每到天亮，奶奶就會嘆氣，天天說著同樣的話：

「啊啊，那孩子離開後，再也沒有好事和快樂的事發生，每天都好無趣。在我死之前，好想再聽一次那孩子的聲音，一次就好。」

盡是稀奇的事

法蘭克福的史聖明家中，一名臉色蒼白又瘦削，有著溫柔藍色雙眼的女孩子，坐在輪椅上盯著牆上的**大時鐘**看。她的身旁有個看起來相當有威嚴的女子，坐得直挺挺的正在刺繡。她是羅德曼小姐，自從史聖明家的女主人去世後，她便代替因工作經常出外的主人處理這個家中大大小小的事。

「客人還沒到嗎？」

就在女孩不知道問了第幾次的時候，黛特帶著海蒂出現在樓下大門。她向**馬車夫**約翰問道。

「抱歉這麼晚來打擾，我想找管家羅德曼小姐。」

「屋裡的事妳問我，我也不知道。還是摁門鈴，問問賽巴斯欽吧！」

黛特照他的話摁了門鈴，賽巴斯欽出來應門。

「我不清楚，妳摁那邊的門鈴，問問女僕蒂妮特吧！」

這次是頭上戴著白色**髮飾**的蒂妮特出現了，一臉不屑的轉身去替黛特傳話。蒂妮特先是進屋裡，馬上又回來，站在樓梯上叫她們進去。

「我正在等妳們。」

兩人爬上樓梯走進房間，羅德曼小姐就將眼前這個要成為她們家小姐玩伴的孩子，從頭到腳打量了一番。看來她不怎麼喜歡身穿劣質衣物，頭戴破舊草帽的海蒂。海蒂則是天真無邪的張大了雙眼，看著羅德曼小姐那頭像教會的塔般高高豎起的髮型。

「妳叫什麼名字？」

大時鐘

掛在柱子或牆上的大型時鐘。當時的時鐘大都有鐘擺，是重要的家具之一，也有裝飾的功能。

馬車夫

操縱馬匹，駕駛馬車的人。當時馬車是重要的交通運輸工具，如同現在的汽車和公車。

「我叫海蒂。」

海蒂清楚明亮的聲音答道。

「咦？妳剛才說什麼？這不是一個正式的名字。我問的是妳**受洗**時，正式取的真正名字。」

「受洗時的事情，我早就忘記了。」

聽到她這麼說，羅德曼小姐簡直要氣昏了。黛特用手肘輕輕頂了頂海蒂，盡全力安撫羅德曼小姐並解釋，說：

「她叫阿黛海德，和她的母親，也就是我去世的姊姊同名。」

好不容易打了圓場。

「可是，我聽說她是十二歲，怎麼看起來這麼小？我說過我要找和我家小姐同齡的孩子。」

髮飾（第87頁）

主要用來裝飾女性的頭髮，多使用布類、髮梳、緞帶等。根據不同時代，也有沒有帽沿、包覆頭髮的帽子狀裝飾。

「關於這一點，詳情我也不是非常清楚……我知道她比大小姐小了幾歲，應該是十歲左右……」

「我八歲，爺爺說的。」

黛特立刻頂了海蒂。這是第二次了，但海蒂完全不知道發生了什麼事，一臉不在乎的表情。

「天哪！竟然只有八歲！那妳學過什麼？讀過什麼書？」

羅德曼小姐已經火冒三丈。

「我沒有書。」

「那麼，妳怎麼學認字？」

「我不會認字，跟彼得一樣。」

羅德曼小姐試著讓自己冷靜下來，才對黛特說：

「這和我們的約定不一樣！」

受洗（第89頁）

成為基督教信徒的儀式。把水澆在受洗者的頭上，祈禱受洗者能受到過去的偉大信徒的靈魂保佑，同時取名字。阿黛海德是十世紀左右，真實存在過的德國聖女。「海蒂」這個名字，就是由「海德」的部分變化而來。

黛特可不會因為這樣就氣餒，她毫不服輸，滔滔不絕說道：

「恕我直言，您說要找個性坦率的孩子，即使是在山上長大的孩子，年紀越大就越不坦率，因此我認為這個孩子才符合您的期望。那麼，我先告辭了，我家夫人在等我回去。」

黛特匆忙離開，羅德曼小姐杵在原地一會兒，一回過神便慌張追了出去。

至今都默不作聲，聽著她們談話的女孩，向海蒂搭話。

「妳過來這裡，妳喜歡別人叫妳海蒂，還是阿黛海德？」

「我叫海蒂，沒有其他的名字。」

「那我就叫妳海蒂，雖然我也沒聽過這個名字就是了。妳來到這裡，覺得好嗎？」

「一點也不，我要回家，我要帶白麵包回去送給奶奶。」

「不行，今後妳要一直留在這裡，陪我一起讀書。雖然妳還不會認字，但多了妳感覺一定會有趣事發生，我過去的生活真是無聊透了。」

每天早上十點老師就會來家裡教我念書到下午兩點。時間很長對不對？有時候老師會把書拿得很靠近臉，我還以為他突然變成近視眼呢！羅德曼小姐也是，經常用手帕抵在臉上，彷彿我們讀的故事讓她感動萬分，其實他們都在打呵欠，這麼做其實是在掩飾，我看得出來。可是我沒辦法打呵欠，要是被羅德曼小姐發現我打呵欠，她就會逼我吞**魚肝油**，說是治疲勞的特效藥。唉唉，我討厭那味道！要我吞魚肝油，我寧願忍耐不打呵欠。」

聽到認字念書，海蒂心情沉重，拚命搖頭。

「海蒂，包括妳甚至每個人都得學會認字。別擔心，老師人很好喔！」

就在這時候，羅德曼小姐回來了。期望落空讓她十

魚肝油

萃取自鯊魚、鱈魚肝臟的油，含有維生素A和D，可預防眼部疾病。

分煩躁，遷怒於賽巴斯欽和蒂妮特，大家都感覺得到她全身帶刺。

後來，餐點準備好了，賽巴斯欽打算把女孩的輪椅推到餐廳時，海蒂目不轉睛看著他。賽巴斯欽忍不住開口問道：

「我的臉上有什麼東西嗎？」

「叔叔，你長得好像彼得。」

聽到海蒂這麼說，羅德曼小姐憤怒的拍了手。

「太荒唐了！不可對傭人講話這麼沒規矩！」

她壓抑住怒氣小聲說道。

用餐的只有坐輪椅的女孩、羅德曼小姐與海蒂。她們三人坐得很開，賽巴斯欽高捧著盤子站在一旁。海蒂發現白麵包就放在自己面前，開心得雙眼發亮。

「我可以拿這個嗎？」

她問道。賽巴斯欽點點頭，瞄了羅德曼小姐一眼。他心想，羅德曼小姐若聽到海蒂這番話，不知道會露出什麼樣的表情？海蒂迅速把麵包放進口袋時，賽巴斯欽為了要忍笑，臉都歪了。

在用餐期間，傭人不能笑也不能說話。此外，除非坐著的人接下端出去的菜餚，否則不能離開。因此，賽巴斯欽就這樣動也不動站在原地，海蒂十分好奇的望著他。過了一會兒。

「這盤菜，我也可以拿走嗎？」

海蒂問道。賽巴斯欽覺得太可笑了，手上的盤子不停抖動。

「把盤子放下來，你退下吧！」

羅德曼小姐一臉嚴肅的說道，深深嘆了一口氣。緊接著便對海蒂說起教，嘮叨的解釋關於用餐和其他的禮儀。

「不可以動不動就和傭人說話；叫他們的時候，要叫『你』或是『那邊的人』或者直接叫『蒂妮特』，叫我的時候也要叫『妳』。至於小姐的稱呼，就由小姐親自決定。」

當她這麼說的時候，輪椅上的女孩開口了。

「當然是叫我『克拉拉』！」

說教還沒結束，海蒂的眼皮卻越來越重，畢竟她今天長途跋涉來到這裡，疲倦得不得了。

「阿黛海德，明白了嗎？妳要好好記住。」

羅德曼小姐好不容易告一段落。

「海蒂早就睡著了。」

克拉拉覺得很好笑，她從未度過如此開心的用餐時光。羅德曼小姐氣得大聲召喚賽巴斯欽和蒂妮特，他們費了好大一番工夫，才把海蒂抱到床上去。

管家羅德曼小姐的煩躁

隔天早上，海蒂一醒來，發現自己睡在一間掛著長窗簾的寬敞房間裡，四周有花朵圖案的布沙發、圓茶几、洗臉台等從未見過的家具。對了，這裡是法蘭克福，她想起昨天發生的所有事情，就連羅德曼小姐的說教，在她睡著前所聽到的部分，也記得一清二楚。

海蒂穿好衣服跑到窗邊。她很想看看天空和大地，偏偏每一扇窗戶都很高，她怎麼也搆不到，再加上所有窗戶都關得很緊，憑自己的力氣根本打不開，她感覺自己像被關在籠子裡。

這時候，敲門聲響起，蒂妮特把頭探了進來。

「吃早餐了。」

來到餐廳，克拉拉早已坐定位，一看到海蒂就開心打招呼。

「早安，海蒂。」

一想到今天可能又會發生新奇的事，克拉拉就非常興奮，顯得神采飛揚。

吃完早餐，在書房等待老師時，海蒂問克拉拉：

「在這個家，要看外面和大地的時候，該怎麼做？」

「打開窗戶呀！」

克拉拉喜孜孜回答。

「窗戶不能開。」

「沒這回事，不過對妳來說或許真的太難，妳就請賽巴斯欽幫忙，他一定會幫妳開。」

聽到她這麼說，海蒂鬆了一口氣。還好在這個家中可以打開窗戶，看得到外面。接著，海蒂對克拉拉有問必答，聊著她最喜歡的阿爾卑斯山與山羊，還有山上牧場的事。

不久，老師抵達了。羅德曼小姐滔滔不絕對老師說來了一個不識字的伴讀，害她有多麼傷腦筋。老師安撫羅德曼小姐道：

「說不定那孩子頗有天分，只要好好教育她，很快就能夠和克拉拉一起學習，我們就先試試看吧！」

羅德曼小姐本來期待老師會以拖累進度為由，贊成把海蒂趕走，這下她又再度失望，只能目送老師走進書房。她不知今後該怎辦，焦躁的在房間內走來走去。忽然，一聲巨響從書房傳來，羅德曼小姐急得飛奔而去。

天哪！怎麼會發生這種事？書、筆記本和**墨水瓶**，所有物品都散落在地上，墨水如黑色小河般流淌。海蒂不見蹤影，老師嚇得愣在原地，克拉拉愉悅的說：

墨水瓶

在紙上書寫文字時，用來裝墨水的小容器。在當時，只有家境富裕的孩子上課時才用得起紙筆和墨水。

「海蒂闖禍了，可是她不是故意的，請妳不要生氣。她只是想看路上的馬車，情急之下，一不小心就扯到桌巾了。」

羅德曼小姐飛奔到樓下大門口，看到海蒂就站在那裡，呆呆望著外面的馬路。

「怎麼回事？」

「我聽到冷杉的聲音，可是聲音是從哪裡來的呢？現在又聽不到了。」

海蒂落寞的望著馬車逐漸遠去的方向。那聲音有如阿爾卑斯山上搖晃冷杉的寒風般響亮，她才會興沖沖跑出來。

「冷杉？這裡又不是森林！妳到底在胡思亂想什麼？」

海蒂被羅德曼小姐臭罵一頓，回到凌亂不堪的書房裡。衝出房間時她心不在焉，完全不知道自己闖禍了，現在一看才大吃一驚。羅德曼小姐指著地板說：

「妳看看妳幹的好事！要是再犯，我絕對不會放過妳！念書時要乖乖坐在椅子上，如果妳辦不到，用綁的我也要把妳綁在椅子上，明白了嗎？」

這一天的課程，不得不到此告一段落，連打呵欠的機會也沒有。

下午，克拉拉會午睡，羅德曼小姐也關在自己的房間裡，海蒂得自己打發這段時間。

海蒂很想做一件事，於是她在走廊等待賽巴斯欽。果不其然，賽巴斯欽端著放有銀製下午茶餐具組的大托盤，從樓梯走上來了。

「你！那邊的人！」

賽巴斯欽嚇了一跳，不禁有點生氣。不過，當他得知海蒂會這樣叫他，是因為盲目聽從羅德曼小姐的囑咐，隨即放聲大笑，聲音大到海蒂也大吃一驚。

「我聽到了。小小姐，您找我什麼事？」

「我不是小小姐，我是海蒂。」

海蒂說道。

「可是羅德曼小姐吩咐過，要我們這樣稱呼您。」

「是嗎？這麼一來，我就有三個名字了。」

海蒂嘆了口氣。

「你可以幫我開窗戶嗎?賽巴斯欽。」

賽巴斯欽打開窗戶,還幫海蒂拿了凳子過來。窺探外面的願望終於實現了,海蒂卻一下就把頭縮了回來。

「從這裡只看得見石板路。」

她垂頭喪氣的說。

「有沒有哪裡可以俯瞰到很遠很遠的地方?」

「想看遠方,就得爬到高塔上了。比方說,您看,那間教會的屋頂,有金色**圓球裝飾**的地方,從那座塔上一定可以將所有東西一覽無遺。」

海蒂一聽到這番話,立刻跳下凳子,衝下樓梯飛奔到屋外。可是,無論她走了多久,還是到不了也看不見那座塔。

來往的路人都相當忙碌,沒有人願意停下來幫

圓球裝飾

「圓球」意味著「地球」,基督教的世界常見十字架放在圓球上,象徵「地球上無時無刻都有上帝」。

她。街角有一個小男孩，背著一台小型的**手搖管風琴**，手上抱著奇妙的動物站在那裡。海蒂決定去向他問路。

「屋頂上有金黃色圓球裝飾的塔，到底在哪裡？」

「如果我告訴妳，我可以得到什麼？」

「你希望我給你什麼？」

「我要錢。」

「我沒有錢，但是克拉拉有，你要多少錢？」

「二十芬尼。」

談定後，兩人邁開腳步向前走。海蒂一邊走，一邊不斷問著關於男孩背的手搖管風琴的事，還有它所奏出來的美妙音色。走著走著，他們來到一間古老的教會前，男孩停下腳步說：

手搖管風琴

轉動把手使內部滾筒上的螺釘撥動風琴的槓桿，將空氣送進管內，使其發聲以演奏曲子的樂器。十八世紀左右，有許多街頭藝人在街上演奏這種樂器來賺取打賞。

「就是這裡。」

「怎麼樣才能進去？像呼喚賽巴斯欽那樣嗎？還是摁門鈴就可以了？你覺得行不行？」

「我不知道。」

海蒂摁下門鈴，看門的老爺爺走了出來。

「是你們在惡作劇？小孩子快回家！回去！」

他氣呼呼說道，正打算關上門時，海蒂輕輕拉了他的上衣。

「求求您，我想要上到塔上看看，請讓我上去，一次就好！」

她懇求道。老爺爺看到她苦苦哀求，改變了心意並牽起她的手。

「既然妳這麼想上去，那就跟我來吧！」

老爺爺用溫柔的語氣說道。他們爬了數不清的樓梯，最後穿過狹窄的樓梯，來到了頂樓。老爺爺抱起海蒂，讓她從窗戶看出去，但是海蒂看到的光景，只有像大海般無限延伸的屋頂和煙囪。

「不對，完全不一樣，我想像的不是這樣子。」

「像妳這麼年幼的孩子，怎麼會懂這個景色的好呢？下次不准再亂摁門鈴嘍！」

海蒂非常沮喪，跟著老爺爺走下樓。下樓途中，在通往老爺爺房間的樓梯轉角處，有一隻從未見過的大灰貓，她不禁停下腳步。

「有我在，牠不會對妳怎麼樣，要不要看小貓咪？」

海蒂看到大籃子中的幼貓，不由得睜大了雙眼。她興味昂然的看著七、八隻小貓爬上爬下。

「送妳一隻吧？」

老爺爺說道。

「想要的話，妳可以全部帶走，等一下我幫妳送過去，妳住在哪裡？」

這實在太棒了！這麼可愛的小貓送上門，克拉拉不曉得會有多開心！

「我住在史聖明家。玄關的大門上，有銜著大鐵圈的金黃色狗頭。您來的時候，請說是要送給克拉拉的。不過，我可以先抱走一、兩隻嗎？」

「那妳先帶走兩隻吧！」

海蒂高興得雙眼發亮，把小白貓放在右邊口袋，小虎斑貓放在左邊的口袋裡才走下樓。剛才的男孩坐在外面的樓梯等著海蒂，兩人又說好，男孩帶路送海蒂回家後，海蒂要再給他二十芬尼。

一到家，賽巴斯欽就衝了出來。

「小小姐，您終於回來了，請立刻到餐廳去，大家都在等妳，羅德曼小姐快氣炸了！」

海蒂趕緊跑進家中。賽巴斯欽就在男孩眼前把大門關上，男孩愣在原地，完全搞不清楚發生了什麼事。

海蒂進了餐廳，羅德曼小姐依舊看也不看她一眼，克拉拉也不發一語。海蒂坐下後，羅德曼小姐便鄭重其事的說道：

鐵圈

裝設在大門上，稱為「門環」的東西。動物或人臉的雕刻上掛著圓圈，用這個圓圈敲擊門上的金屬片，告知裡面的人門口有人來了。

「阿黛海德，妳沒有告知任何人也沒有得到允許，就一個人跑出去閒逛，這麼晚才回家，實在太沒有規矩了！」

——喵！

彷彿在應答的聲音冒了出來，氣得羅德曼小姐火冒三丈。

「阿黛海德！妳這是什麼態度？闖了那麼大的禍，還有膽子開玩笑？」

「我……」

海蒂話還沒說完，剛才的聲音又出現了。

——喵！喵！

「夠了！立刻給我離開，回妳房間去。」

羅德曼小姐激動到再也說不出話來了，此時克拉拉開口：

「海蒂，羅德曼小姐那麼生氣，妳怎麼只是喵喵叫呢？」

「不是我在叫，是小貓咪。」

這次海蒂終於沒被打斷，可以把話說完。

「咦？妳說什麼？貓？小貓咪？賽巴斯欽！蒂妮特！那噁心的東西在哪裡？快把牠們攆出去！」

羅德曼小姐高聲尖叫，逃進書房還慎重的上鎖，原來是她最怕貓了。賽巴斯欽走過來，發現小貓已窩在克拉拉的腿上，海蒂則是跪在一旁，兩人和可愛的小貓玩在一起。

「賽巴斯欽，請你幫牠們準備一個窩，要瞞著羅德曼小姐喔。」

「沒問題，克拉拉小姐，包在我身上。」

賽巴斯欽立刻轉身去準備，同時強忍笑意。他並不討厭看到羅德曼小姐驚慌失措的模樣，剛才也躲在門的暗處偷偷笑。

過了很久之後，大家準備就寢時，羅德曼小姐才終於打開一點點門縫問道：

「把那噁心的東西丟掉了沒？」

「有的，已經處理好了。」

賽巴斯欽回答，迅速撈起克拉拉腿上的小貓，若無其事離開房間。羅德曼小姐原本準備吃過飯後要好好教訓海蒂一頓，此時已打消念頭。這一整天被海蒂搞得天翻地覆，她已精疲力盡。

知道小貓被安置在舒適的被窩裡，克拉拉和海蒂她們也心滿意足的回房去睡了。

大混亂

隔天早上，玄關的門鈴聲大作。賽巴斯欽還以為是主人回家了，連忙跑去開門，卻看到一個打扮寒酸的男孩，扛著手搖管風琴站在門口。

「你是誰？有什麼事？」

「我找克拉拉。」

「克拉拉小姐？你這個小鬼，找我們家小姐有什麼事？」

「昨天在街上她說好要給我四十芬尼。」

「胡說八道！我們大小姐沒辦法走路，根本無法外出，你別來搗蛋，快走開。」

不過，男孩不死心的說明昨日之事，賽巴斯欽聽著男孩的說詞，心想，

（哈哈，看來他說的是小小姐，她又闖了禍。）

他在內心竊笑。

「好，你跟我來，你就演奏一首曲子吧，克拉拉小姐肯定會很開心。」

今天的課程已經開始，賽巴斯欽把男孩帶到書房，敲了敲門。

「有個男孩來找克拉拉小姐，說無論如何都想見您一面。」

「哇！有人要見我？老師，可以讓他進來吧？」

這個從沒想過會有的插曲，讓克拉拉喜出望外。男孩一走進房間就奏起手搖管風琴。在餐廳的羅德曼小姐聽到聲音，覺得奇怪，豎起耳朵聆聽，發現聲音並非來自外頭，而是從書房傳來的。羅德曼小姐穿過餐廳並打開書房的門，看到眼前的景象簡直不敢相信，書房正中間竟有個小小的樂手非常專心在演奏著；老師的嘴一張一闔，似乎想說些什麼又說不出話來；克拉拉和海蒂則是陶醉在美妙的樂曲中。

「住手！立刻給我停下！」

羅德曼小姐大吼，但琴聲蓋過了她的怒吼。她快步走近男孩，腳下碰到了什麼東西，低頭一看，竟是一隻烏龜！羅德曼小姐嚇得跳了起來，她已經很久沒有跳得這麼高了。

「賽巴斯欽！馬上把這孩子跟那隻動物給我趕出去！」

從門縫偷看的賽巴斯欽捧腹大笑。羅德曼小姐則是虛脫的癱在椅子上。

賽巴斯欽把男孩送出門，拿出錢放在他的手心讓他握著。

「這是昨天說好的四十芬尼，另外再給你四十芬尼是演奏的費用，你的演奏非常精采。」

書房恢復寧靜，海蒂等人繼續上課。羅德曼小姐決定留在書房看著她們。不久賽巴斯欽又來到書房，說有人送東西來給克拉拉小姐，留下一個有蓋子的大籃子。

「上完課才准打開。」

羅德曼小姐下令道。

「老師，可不可以看一下？看完我就會繼續念書。」

憋不住的克拉拉，瞄了一眼籃子，接著蓋子下就冒出一隻、兩隻、三隻……小貓接二連三的爬了出來，在房間裡跑來跑去並搗蛋了起來。克拉拉驚喜大叫：

「好可愛！牠們好奇的東跑西跳，海蒂，妳看妳看，妳看那孩子！還有牠！妳快看！」

海蒂也開心的追趕著小貓。老師不知所措愣在原地，交互抬起兩條腿，深怕被小貓抓傷了。羅德曼小姐啞口無言，僵坐在椅子上，好不容易才使出全力放聲大喊：

「蒂妮特！賽巴斯欽！快來、快過來！」

兩人飛也似的跑過來，把小貓一隻隻抓起來塞進籃子裡，把牠們帶到替昨天那兩隻小貓蓋的小屋裡。

到了晚上，羅德曼小姐終於從白天的打擊中振作，想知道為什麼會發生如此不像話的事情，她決心調查清楚。於是，她把蒂妮特和賽巴斯欽叫來問話，發現所有事情的起因，都來自昨天海蒂外出亂逛。弄清楚後，便把海蒂叫來，嚴厲的訓斥她：

「阿黛海德，妳這孩子這麼難管教，我必須好好處罰妳。我要把妳關在黑漆漆的儲藏室，讓妳跟**蚰蜒**還有老鼠在一起，看妳會不會聽話一點，再也不敢使壞！」

海蒂覺得這個處罰很奇怪。一般說到儲藏室，通常位於地下室，但在山上爺爺的小屋，指的是位於房子角落的空間，那是一個儲藏起司和羊奶的好地方，海蒂從來沒有在那裡看過蚰蜒和老鼠。

但克拉拉卻哀求道：

「不行不行！羅德曼小姐，請妳等爸爸回來。他在信上寫說再過不久他就會回家了對吧？要怎麼懲處海蒂，就讓爸爸決定吧！」

羅德曼小姐無法說不，大家就這樣過了好幾天安穩的日子。羅德曼小姐不斷回想，自從海蒂來到這個家，家裡就亂了秩序，害她變得脾氣暴躁。然而克拉拉

蚰蜒

讀作ㄧㄡˊ ㄧㄢˊ。蚰蜒目的一種生物，體長兩公分左右，有十五對步足，行走的動作讓人感到噁心、厭惡。

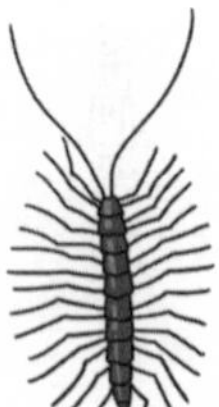

卻完全相反，她再也不覺得生活枯燥，上課也好熱鬧，海蒂看到**字**便會高興大叫：「這像山羊！這像老鷹！」絲毫不打算要背下來。海蒂告訴克拉拉許多阿爾卑斯山上的事情，說著說著便想念起山上的生活。

「我一定要回山上去！」

每當海蒂這麼說，克拉拉就安撫她：

「爸爸回家之前，妳先等等喔。」

聽到她這麼說，海蒂心想：「只要多待一天，送奶奶的白麵包就會多一個。」也就同意了。

下午，海蒂待在自己的房間裡。她已經知道不能擅自外出，於是她不再到外面去；想到餐廳去找賽巴斯欽聊天，會被羅德曼小姐阻止。至於蒂妮特，她總是用嘲笑的口吻跟海蒂說話，海蒂一點也不想跟她聊天，和蒂

字
這裡指的是「德國文字」、「德文尖角體」這種獨特的文字。裝飾性非常強，尤其是大寫字母的形狀，和拉丁字母相差懸殊。例如：𝔄𝔅ℭ為ABC。

妮特相處時，她總是非常拘謹。

因此，海蒂多的是時間，每天都不停想東想西。

（現在山上的草木應該都發出綠芽，花朵也被太陽公公照得亮閃閃，白雪、山谷都沐浴在陽光下……）

某天，海蒂終於忍不住了，她拿出紅色披肩將麵包打包起來，戴上草帽，衝出屋外，只是一出門就撞上外出回來的羅德曼小姐。

「妳這身打扮是怎麼回事！我不是交代過妳，不准到外面來嗎？」

「我要回家！」

「天哪！造反了！妳要逃回去嗎？要是史聖明先生知道了還得了。妳現在能有這樣的待遇根本是天大的恩賜，到底還有什麼不滿意？」

「我沒有任何不滿。」

「那當然，妳就是不懂得感恩。」

受到如此的責備，海蒂至今深藏在心底的思緒，一股腦兒湧上心頭。

「我想回家！我留在這裡太久了，小雪會哭個不停，奶奶會等我等到不耐煩，小花雀會被鞭子抽打，彼得會得不到起司。留在這裡，我看不到太陽公公，也無法向山道晚安。假如老鷹飛翔在法蘭克福的天空，一定也會驚訝怎麼有這麼多人不斷爭吵，牠一定也會想返回美麗的高山去，大聲說我要回去！」

「上帝啊，這孩子瘋了！」

羅德曼小姐嚇得衝上樓，撞上正好要下樓的賽巴斯欽。

海蒂瞪大了雙眼，目光灼人杵在原地不停顫抖。賽巴斯欽半開玩笑的向她搭話，她也聽不進去。於是，他溫柔輕拍海蒂的肩膀對她說：

「小小姐，不要垂頭喪氣，無論如何都要打起精神來，這是最重要的。來，我們上樓去吧。」

看海蒂踩著沉重的腳步爬上樓梯，賽巴斯欽相當不忍，想盡辦法要替她打氣。

「不要難過，不要喪氣，無論何時都要抬頭挺胸。我們的小小姐真的好乖，來到這個家之後，我從來沒有看過妳哭，要是其他孩子，一天會哭上十二次吧。小貓咪們在這裡也很快樂啊，等一下我們趁羅德曼小姐不在，一起去看牠們吧。」

海蒂輕輕點了點頭。賽巴斯欽望著她無精打采的走進房間，心都要碎了。

隔天，羅德曼小姐想起海蒂昨天的打扮，決定要檢查她的行李，她看了一眼便十分錯愕，走向海蒂。

「阿黛海德，這是怎麼回事？妳竟然在放衣服的包包裡塞滿了麵包。蒂妮特，把那個舊包包拿去扔掉，還有草帽也一起丟了。」

「不行！不可以！」

海蒂想追回蒂妮特，卻遭到羅德曼小姐制止。她趴在克拉拉的輪椅上大哭，越哭越傷心，哭到一發不可收拾。

「奶奶的麵包全都沒了啦。」

克拉拉不知所措的安慰海蒂。

「海蒂，不要哭。妳聽我說，我會送奶奶一樣多的麵包，不對，我會送她更多更多麵包，而且是剛烤好的，鬆鬆軟軟的麵包。妳這些麵包等到妳要回家時，早就變硬了。」

「真的嗎？妳會送我麵包當作奶奶的禮物？而且一樣多嗎？」

「當然會，我不會騙妳，妳要打起精神來才行。」

海蒂的雙眼哭得又紅又腫。吃晚餐時，一看到麵包，淚水又在眼眶裡打轉，但她強忍住眼淚，叮嚀自己要做個守規矩的孩子。

賽巴斯欽每次走到海蒂身旁，都會做出意有所指的動作。他比手畫腳的先指了指自己的頭，又指了海蒂的頭，接著點點頭對她眨眼。

「妳放心，我會幫妳留意，已經處理好了。」

他似乎在這麼說。

回到房間後，海蒂在床罩下發現了她的草帽，驚喜萬分，趕緊將帽子收在櫃子最深處。原來是賽巴斯欽去垃圾堆翻找，幫她把草帽撿了回來。用餐時比的手勢，就是想告訴海蒂這件事。

史聖明先生

幾天後，史聖明先生家中的樓梯，擠滿了不斷上上下下的人，好不熱鬧。原來是主人終於結束旅程，帶著滿滿一馬車的禮物回家了。史聖明先生一到家就率先去見克拉拉。

「我回來了，克拉拉。咦？妳就是來自瑞士的小可愛嗎？妳過來，我們握個手。好，這樣就行了。妳們相處得還融洽嗎？有沒有吵架、大哭，然後和好，再從頭來過呢？」

「沒有，克拉拉總是對我很好。」

「海蒂從來沒有找我吵過架，一次也沒有喔！爸爸。」

「那就好。爸爸先去吃點東西，從早上我就什麼也沒吃。等一下再讓妳們看看我帶了什麼禮物回來。」

史聖明先生到餐桌坐定，羅德曼小姐也馬上坐在他的對面。她的臉色相當憔悴，彷彿在宣告倒大楣的人都會變成這副模樣。

「羅德曼小姐，妳怎麼了？克拉拉精神變得那麼好，反倒是妳看來不太好呢。」

羅德曼小姐一臉嚴肅的開口：

「關於阿黛海德，我們被騙慘了。我原本以為會來一個像故事書上寫的，在空氣清新的群山中長大，從未接觸過骯髒地面的瑞士女孩。」

「等一下，羅德曼小姐。」

史聖明先生打斷了她的話。

「就算是瑞士來的女孩，只要會走路，雙腳就得碰到地面吧？除非是她長了代替雙腳的翅膀，那就另當別論了。」

「可是主人，我認為能讓人感受到山中那股清新氣息的活潑女孩，比較適合克拉拉小姐。」

「是這樣嗎？太有活力，反而會嚇到克拉拉吧。」

「我不是在開玩笑，事情比您想像得還要嚴重許多。」

「為什麼？我看那孩子沒有妳說得那麼可怕呀？」

「我舉一個例子就好，那孩子竟然擅自把陌生人和動物帶進家裡，而且還……該怎麼說好呢？簡而言之，她有時會突然失去判斷事理的能力。」

史聖明先生一直沒有把海蒂不符合條件的事放在心上，只是任由羅德曼小姐抱怨，然而聽到這裡，他也不由得擔心克拉拉會受到影響。

「我去看看克拉拉的情況。」

史聖明先生起身來到書房，對海蒂說：

「對了，海蒂，妳幫我去拿個東西來好嗎？就是那個……」

其實他是想支開海蒂。

「給我一杯水好嗎？拜託妳了。」

「冷水嗎？」

「嗯，對，我要很冰很冰的喔。」

海蒂一走出房間，史聖明先生就湊近克拉拉，將她的手握在手心說道：

「克拉拉，我希望妳詳細說給爸爸聽，為什麼羅德曼小姐會說海蒂有時候不懂得分辨事理呢？妳能夠解釋讓我明白嗎？」

克拉拉清楚的說明來龍去脈，包括家裡出現烏龜、小貓，以及羅德曼小姐以為海蒂發瘋、胡言亂語的事。史聖明先生聽完笑得非常開心。

「原來是這樣。那麼，妳希望海蒂不要回山上去是嗎？妳不討厭海蒂對不對？」

「是呀，爸爸，請您不要把海蒂送回去。自從海蒂來到我們家，我每天都好快樂，和過去完全不一樣，海蒂會告訴我很多事情呢。」

「好，我明白了。噢，海蒂回來了，妳幫我端了杯好喝的水回來嗎？」

海蒂把水杯遞出去並說：

「這是您要的水，我從井裡打上來的。」

「可是海蒂，妳該不會自己去井邊打水吧？」

克拉拉問道。

「是啊，所以這水是剛打上來的。最先去的兩口井很多人，於是我再走遠一些，終於找到另一口井，就在那裡打水。然後有個白頭髮的老先生要我代他向史聖明先生問好。」

「妳走了好遠喔！不過，那個人是誰啊？」

「那個老先生問我能不能也幫他打一杯水？還問我要打水給誰喝？我說要給史聖明先生，他就哇哈哈大笑，他很溫柔，身上有個**小時鐘用金色鍊子別在胸口**，上頭還有紅色石頭裝飾，**拐杖**最上面是個馬臉的造形。」

「是我們家的醫師。」

史聖明先生和克拉拉異口同聲說道。不曉得他對於

井（第123頁）
從地面往下挖掘，用來汲取地下水的設備。自來水普及前，設置在城鎮各處，供居民共同使用。

小時鐘用金色鍊子別在胸口……
指的是能夠隨身攜帶的小型懷表。十九世紀左右

史聖明家新採用的汲水方式有什麼想法？一想到這裡，史聖明先生就笑得停不下來。

當天晚上，史聖明先生和羅德曼小姐討論了家裡許多的大小事，其中也包括了海蒂。

「讓海蒂留下來吧，她是個好女孩，克拉拉也挺喜歡她的。請妳善待她，或許妳認為她難以管教，不過家母很快就會來這裡住上一陣子，她可以幫上忙的。」

史聖明先生這麼說。

「我明白了，主人。」

羅德曼小姐嘴上這麼說，其實心裡不太高興。

兩星期後，史聖明先生又因為工作必須前往巴黎。克拉拉非常沮喪，但聽說不久奶奶就會來到家裡，還是破涕為笑了。

起，人們會用黃金鎖鍊或寶石裝飾懷表。瑞士從當時就是少數以生產鐘表聞名全球的國家。

拐杖

用木、藤、竹子等做成的棒子，用來協助步行或是彰顯身分地位的裝飾品。

史聖明先生才出發，住在**霍爾斯坦**老公館的奶奶就捎來了一封信，信上寫著她在幾號的幾點會到，請派馬車去車站接她。

克拉拉非常開心，說了好多關於奶奶的事給海蒂聽。海蒂也跟著她叫「奶奶」，但每當她這麼叫，羅德曼小姐就會皺起眉頭看著她。不過羅德曼小姐時常這麼做，海蒂一點也不在意。

到了就寢時間，羅德曼小姐便把海蒂叫過來。

「妳不可以跟著克拉拉小姐叫奶奶，要稱呼老夫人。老、夫、人，明白了嗎？」

海蒂愣住了，但看到羅德曼小姐的表情如此堅定，決定不再多問。

霍爾斯坦

位於德國北部。冰河造就了此地有豐富的湖泊，多森林，主要產業為酪農業。

老夫人

老夫人在史聖明家相當受到敬重，為了迎接她的到來，每個人都勤快的打理著家中各處。蒂妮特換了新的髮飾，賽巴斯欽在屋裡到處放置了椅凳，讓老夫人無論坐在哪一張椅子，都可以輕鬆伸長雙腳。羅德曼小姐看過一個房間又一個房間，檢查有無任何準備不周的地方，彷彿宣示著就算再來一個有資格下命令的人，她也不會認輸。

馬車終於抵達，所有人都出去迎接老夫人，只有海蒂被吩咐要在自己的房間裡等。她反覆練習著稱呼：「老、夫人，老、老、老夫人，老、老、老、夫人。」

這時候，蒂妮特來房間叫她，海蒂走到書房向老夫人打招呼。老夫人溫柔的對她說：「哇！就是妳呀！來，過來，讓我好好看看妳。」

海蒂用清亮的聲音，爽朗的回她：

「您好，老、老、老、老夫人。」

「哎呀呀，阿爾卑斯山那一帶都這樣稱呼人嗎？」

老夫人笑道。

「不是的，在山上沒有人會這麼說。」

海蒂一臉嚴肅回答道。逗得老夫人又笑了：

「這裡也是啊。不過呢，在有小孩的房間裡，我就是奶奶，妳也這樣叫我吧！這樣比較好記對不對？」

「是的，這樣比較好記，我和克拉拉是這樣稱呼您的。」

「是嗎？妳好乖。」

老夫人開心的點頭。海蒂從她的雙眼，感受到一股深入人心的溫暖，不由得看到出神。老夫人有一頭美麗的銀色頭髮，頭上有蕾絲裝飾，蕾絲還垂著兩條寬版緞帶飄來飄去的，彷彿老夫人的周圍無論何時都吹著溫柔的微風。

「妳叫什麼名字？」

「我叫海蒂，別人都叫我阿黛海德，所以我總是要特別記住……」

「羅德曼，這孩子習慣海蒂這個名字，我們就這樣稱呼她吧！」

沒有人能夠反抗老夫人的命令。像是羅德曼小姐的稱呼，老夫人也沒有加上「小姐」二字，羅德曼小姐雖然不滿卻無可奈何。

隔天，克拉拉午睡時，老夫人問了羅德曼小姐。

「這個時間海蒂在哪裡？都做些什麼？」

「她在自己的房間。我希望她能安分念書，但那孩子老是搗蛋，做一些異想天開的事。」

「妳把她關在房間裡，當然會搗蛋啊！妳叫她到我

蕾絲

將紗線編、結、繞成鏤空圖案的布，自古在歐洲就用於衣服或做為裝飾品，是講究精細的手工藝，十分昂貴，是以貴族或富有的人才用得起。

的房裡來，我帶了漂亮的書要送給她。」

「老夫人，萬萬不可！那孩子連ＡＢＣ都還不認得。」

「咦？奇怪了，她看起來不像是不識字的孩子。算了，讓她光看圖也好。」

老夫人想要親自確認，看看海蒂是不是羅德曼小姐口中的壞孩子。海蒂被叫了過來，書上精美的圖畫讓她瞪大了雙眼。她把書翻過一頁又一頁，突然眼眶泛淚，大聲哭了起來。原來她看到一張美麗青翠的牧場上，有一群動物在吃草的圖，正中間有個倚著拐杖的**牧羊人**，光芒包圍著畫中的一切，太陽正要落入地平線。

老夫人牽起海蒂的手安慰她：

「海蒂，別哭了。妳是不是看到這張圖想起了什

牧羊人

管理放養羊群的人。在基督教中，常比喻為上帝或優秀的領導者。

麼？這張圖啊，有一個非常有趣的故事，等一下我說給妳聽。好了，把眼淚擦乾。」

但是海蒂還是持續哭了好一陣子。老夫人除了偶爾溫柔的向她搭話之外，只是靜靜等待，直到她哭夠為止。

「海蒂，我問妳，妳都和老師學些什麼？妳現在學會了什麼？」

「我什麼也不會，學了也沒用。」

「海蒂，妳錯了，沒這回事。」

「可是，認字對我來說太難了。」

「誰說的呀？」

「彼得說的啊。他說無論怎麼背，他就是記不得。」

「海蒂啊，妳學不會認字，是因為妳相信彼得的話。今後妳要相信我，不久之後，妳一定能學會認字，到時候我就把這本書送給妳。這書中的牧羊人、綿羊還有山羊到底會有什麼遭遇呢？妳很想知道這個故事，對不對？」

海蒂睜大雙眼聽著老夫人的話，隨後她這麼說：

「我想！等我學會讀書！」

「妳可以的，我認為妳很快就能學會認字。」

跟著親切的老夫人一起生活後，海蒂不再把想回山上掛在嘴邊。要是她回到山上，不只羅德曼小姐，連老夫人都會認為她忘恩負義，同時也對不起史聖明先生和克拉拉。海蒂無法忍受自己背叛他們，然而她內心的煩惱越來越沉重，飯也吃不下，臉色也變得越來越難看。晚上難以入睡，老是夢到被夕陽染紅的山崖和積雪的原野。到了早上，海蒂一睜開眼睛，就會把臉埋進枕頭裡偷偷哭泣。

海蒂的異狀，老夫人都看在眼裡。某天，老夫人盡可能用最溫柔的態度問她：

「來，海蒂妳告訴我，到底是什麼事讓妳如此傷心？」

「我不能告訴任何人。」

「是嗎？假如妳有不能告訴別人的傷心事，那就說給上帝聽吧，上帝一定會幫助妳。」

聽到老夫人這麼說，原本感到十分痛苦的海蒂，眼神頓時發亮了。

「任何事都可以說給上帝聽嗎？」

「當然，任何事都可以。」

海蒂立刻向老夫人告辭，跑回自己的房間，跪在地上向上帝傾訴內心所有的悲痛，她拚命懇求上帝，讓她回到爺爺的身邊。

過了一星期之後，家教老師來到老夫人的房間，說有事要向她報告。

「實在太令人訝異了，怎麼可能發生這種事！」

「你要說海蒂會識字了，是嗎？」

「我真的很驚訝，您說得對，才過了一個晚上，她就能流暢的念書了。」

「這世上，不可思議的事情多得很，不過這不是好極了嗎？」

老夫人露出滿足的微笑，興奮的趕往書房。老師說得沒錯，海蒂就坐在克拉拉旁邊讀故事書。就在這時候，各種事物忽然從黑色文字之間跳出來手舞足蹈，演出一個活潑又令人感動的故事。連旁人都看得出來，海蒂受到未知的世界深深吸引。

當天吃晚餐時，海蒂看到自己的盤子上放著一本很大的圖畫書，詫異的看了老夫人。老夫人和藹的點點頭說：

「沒錯，那本書現在已經是屬於妳的了。」

海蒂高興得不得了，雙頰都漲紅了。

「永遠都是我的嗎？即使我回到山上，還是我的嗎？」

「那當然，明天妳就讀讀看吧。」

「可是海蒂，要等到很多年以後，妳才會回山上去吧？」

克拉拉立刻這麼說。

後來，每天晚餐後讀書給老夫人聽成了海蒂的一大樂趣。海蒂把她最喜歡的牧羊人的故事，時而充滿活力時而壓低聲調，反覆讀了無數次。在她讀書給老夫人聽的期間，離老夫人回家的日子也一天一天接近了。

老夫人待在法蘭克福的期間，每當克拉拉回房午睡時，她就會把海蒂叫到自己的房間，一起度過快樂的時光。老夫人會示範如何做洋娃娃的衣服或是圍裙給海蒂看，海蒂不知不覺也學會了裁縫，能幫洋娃娃做漂亮的裙子和外套了。此外，她已經識字，所以也更積極的去讀故事書。

然而要說海蒂樂在其中，又未必完全如此。她原本那對閃閃發光的雙眼，總是蒙上一層陰影，再也不像從前那樣晶亮。

再過一星期，老夫人就要離開法蘭克福。老夫人把海蒂叫到身邊，問她：

「妳的悲傷還是沒有消失嗎？」

「是的。」海蒂點頭附和。

「妳是否每天都向上帝祈禱，懇求祂帶給妳幸福呢？」

「沒有，我最近不再祈禱了。」

「咦？這是為什麼？」

「因為祈禱也沒有用呀！假如一到晚上，所有法蘭克福的人都在許願，上帝聽也聽不完，我的願望祂根本不會聽到。」

「為什麼妳會這麼想？」

「相同的願望我已經許了好幾個星期，上帝卻沒有替我實現啊。」

「妳錯了啊，海蒂！上帝會替我們設想更好的事，而且比我們想的好太多太多。妳的願望沒有立刻實現，並非上帝漠視妳的存在。讓妳的願望晚一點再實現，對妳會比較好，這才是上帝的考量。不管有多少人一起祈禱，上帝全都會聽進去。如果妳鬧彆扭，不再祈禱，就等於忘了上帝，這麼一來，上帝也會遺忘妳。海蒂，妳認為這樣好嗎？還是說，妳願意求上帝原諒妳從祂身邊逃開，跟祂和好呢？我認為這麼做，有助於讓妳的心情變得舒暢。」

海蒂很認真聆聽老夫人的每一句話。

「我馬上去跟上帝道歉，而且再也不會忘記上帝。」

她這麼說。

「對，這樣才對。無論何時，上帝都會在最適合的時候幫助妳，妳要耐心等候，知道嗎？」

老夫人鼓勵海蒂。

對克拉拉和海蒂來說，老夫人要離開的這一天是一個非常悲傷的日子。老夫人為了激勵她們兩人，做了許多貼心的事，把氣氛炒得很熱絡。但這熱鬧的氛圍，也只持續到老夫人搭上馬車為止。老夫人離開後，屋子陷入一片寂靜，海蒂與克拉拉兩人對任何事都提不起勁，只是失落的呆坐著。

隔天，海蒂想讀故事書給克拉拉聽，克拉拉也很開心的接受了，可是海蒂才讀了一小段就放聲大叫：

「啊啊！奶奶死了！」

海蒂情不自禁哭了起來。她讀的是一個老奶奶即將邁向人生終點的故事，誤以為書上寫的一切都是事實。儘管克拉拉告訴她這只是虛構的，海蒂仍舊越哭越大聲，即使後來她好不容易察覺到自己弄錯了，仍舊按捺不住內心的激動。

（山上的奶奶也很可能死掉，爺爺也是。要是大家都死了，就算將來我回到山上，也見不到我喜歡的人。）

海蒂滿腦子都是不吉利的念頭，誰來安慰也無濟於事，反而讓她哭得更厲害。

在這之間走進房間的羅德曼小姐，看到哭哭啼啼的海蒂，便再也無法忍受，大步朝兩人走去，不分青紅皂白就罵道：

「阿黛海德，不准妳為了這點蠢事就哭成這樣，妳哭夠了沒有？下次再敢看書看到哭，我就沒收那本書，絕對不會還給妳！」

這句話嚴重打擊了海蒂。自此之後，無論她讀任何書都不會再哭，可是她仍然吃不下飯，越來越瘦，臉色也越來越難看。賽巴斯欽看著海蒂這副模樣實在心疼。

「多少吃一點吧，小小姐，很好吃喔。咦？就吃這麼一點點嗎？不行不行，妳再用湯匙多舀一些。對，再吃一匙。」

負責服侍的賽巴斯欽，猶如父親般溫柔的在她耳邊哄著，然而海蒂依然食不下嚥。

就這樣，秋天過去了，冬天也接近尾聲。太陽的威力越來越猛，將房子的白色牆壁照得發亮。

（又到了彼得和羊群上山的季節。花朵在陽光下閃耀，到了傍晚，群山又會像火燒一樣的季節。）

海蒂在心中想像。然後她縮在房間的角落，雙手掩住眼睛，不讓自己看見對面房子受到陽光照射的牆壁。

這幾天，只要天色一暗，羅德曼小姐就會經過長長的走廊，來回巡視好幾次，不斷窺探轉角或是突然回頭察看，簡直就像有人在跟蹤她，深怕那人會突然拉住她似的。

這個家中的樓上和樓下，都有平常不太會用到的大房間，那裡掛著戴著白色大**衣領**，擔任**市議會**議員的祖先畫像，每個人都從圖中威嚴俯視著下方。當羅德曼小姐有事要去那些房間時，一定會來叫蒂妮特。

「陪我一起去，我要去拿個東西。」

而蒂妮特也跟她一樣，會對賽巴斯欽這麼說：

「我一個人搬不動，你跟我一起去。」

賽巴斯欽也是半斤八兩，每當他要到比較偏僻的房間時，也會這樣要求：

「喂！約翰，你跟我來，我一個人會搬不動。」

說穿了，根本沒有什麼東西要搬，但任誰這樣開口要求都不會遭到拒絕，因為每個人都擔心改天自己也會有同樣的需求。在這個家任職多年，負責烹飪的大嬸，一面顧著大鍋子裡的燉菜一面想得出神，菜差點燒焦了。

「沒想到會遇上這種事！」

她甩了甩頭，語帶嘆息說道。

史聖明先生的家中，最近接二連三發生了詭異的事。每天早上，大門都是開著的。一開始還以為是小偷幹的好事，但仔細檢查過整棟房子，發現沒有任何財物

衣領

西服的領子，裝飾之用，隨著時代演變，也衍生出各式各樣的種類。

損失。於是他們把門鎖改成兩道，還加了**門閂**，但天一亮，大門仍舊是敞開的。

到最後，約翰和賽巴斯欽在羅德曼小姐的逼迫下，得徹夜不眠看守大門。他們守在大客廳旁邊的房間，喝著**利口酒**壯膽，然而不久便沉沉睡去。

時鐘滴答作響，賽巴斯欽醒來時已經十二點了，而約翰則是無論他怎麼叫就是叫不醒。四周一片寂靜，聽不見任何聲響，賽巴斯欽害怕到連瞌睡蟲都被嚇跑了。

過了一點，約翰終於緩緩醒來。

「好，賽巴斯欽，我們去看看情況。跟我來吧！」

約翰走在前頭，兩人一踏出門，風就從敞開的大門吹進來，把手上的照明吹熄了。約翰拉著賽巴斯欽連滾帶爬的逃回原來待的房間，他緊張的不停轉動門鎖，把

市議會（第140頁）
執行市議會表決事項的機關。市議會成員由議會選出，對外代表該市。十九世紀初由德國制定，地方自治機關之一。

門閂
將金屬零件裝設在門或門扉上，穿過一根橫木，讓門無法打開的裝置。閂，讀作ㄕㄨㄢ。

已經關上的大門門鎖轉得喀嚓喀嚓響。

賽巴斯欽站在約翰的後面，不清楚到底發生了什麼事，當他再度點燃照明時，發現約翰臉上失去了血色，全身像白**楊樹**葉子一樣不停顫抖。約翰上氣不接下氣的說：

「不要開門！樓梯上有個白白的東西站在那裡，那傢伙往上方消失了！」

賽巴斯欽嚇得背脊發冷，他們兩人靠在一起，全身僵硬，整晚不敢闔眼。等到天色漸亮，外面的大馬路上也漸漸熱鬧起來，他們才趕緊向羅德曼小姐報告。

羅德曼小姐聽完後，馬上寫信要求史聖明先生回來。史聖明先生回信說，沒辦法臨時拋下工作趕回家，請找老夫人商量。這封回信讓羅德曼小姐覺得他並

利口酒

在蒸餾酒裡加入藥草或果實，增添香味和甜味的酒，有能幫助消化、促進腸胃蠕動之效。

楊樹

楊柳科的落葉喬木，高度可達三十公尺。由於葉子有長長的梗，即使只有微風吹也會隨風擺盪。

不重視這件事而感到非常生氣。

她接著寫信給老夫人，老夫人也沒有設身處地為他們著想，「就算撞鬼了，也不需要我長途跋涉跑一趟。那一定是有腳的幽靈，羅德曼妳就和對方談一談吧！」老夫人的信上是這麼寫的。

事到如今也無可奈何。為了不嚇到孩子們，羅德曼小姐至今一直瞞著她們家裡鬧鬼的事，這下她決定把這件事告訴她們。不出所料，克拉拉非常害怕，無論怎麼安撫也無法讓她平靜。於是，羅德曼小姐寫了第二封信給史聖明先生。信上寫著，每天晚上都會發生詭異的事，她擔心再這樣下去，虛弱的克拉拉小姐會撐不住。

這封信果然奏效。兩天後，史聖明先生回家了。他一到家就直奔克拉拉的房間，克拉拉開心說道：

「我很好，謝謝爸爸。我好高興家裡鬧鬼，這樣爸爸才會回來看我。」

史聖明先生暫且鬆了一口氣，但羅德曼小姐還是氣呼呼的。

「到了晚上，您就知道是怎麼一回事，這個家以前肯定發生過什麼可怕的事。」

「別胡說，羅德曼小姐，請妳不要用怪異的眼光看待我們史聖明家的偉大祖先。賽巴斯欽，你過來。」

賽巴斯欽來到跟前，史聖明先生告訴他：

「你去轉告克拉森醫生，麻煩他今晚九點過來一趟。就我說從巴黎趕回來，想拜託他也一起來看看情況，並請他做好心理準備，今晚可能得熬夜。」

接著，他返回克拉拉的房間，告訴她今天一定會把事情弄清楚，要她放一百二十個心。九點一到，醫師準時抵達，一臉擔憂的走進屋裡，一見到史聖明先生卻放聲大笑，邊拍他的肩膀邊說：

「哎呀呀！聽說今晚得熬夜，我還擔心得很，你明明就活蹦亂跳嘛！」

「醫生，需要你熬夜的應該是個臉色慘白的人。只不過，要先抓到人才能搞清楚狀況。」

「所以真的有病患是嗎？不過，你說要先抓到人，這句話是什麼意思？」

「不得了，是鬼啊！醫生！我家鬧鬼了。」

克拉森醫生笑得合不攏嘴。

「假如羅德曼小姐也能像你一樣笑著看待這件事，那就沒問題了。她堅持是我家的祖先在作祟，在家裡四處徘徊。」

「羅德曼女士是如何從幽靈身上追問出這麼私密的事情？」

克拉森醫生笑得更開懷了。

就這樣，意氣相投的兩人，前往賽巴斯欽等人用來監視的房間，泰然自若坐在椅子上，一面閒聊一面喝葡萄酒。

一點的鐘聲響起，四周鴉雀無聲。這時候，克拉森醫生忽然豎起食指說道。

「噓！好像有聲音。」

兩人豎起耳朵，聽到門閂卸下，緊接著是轉開兩道鎖的聲音，大門打開了。史聖明先生握緊手槍，克拉森醫生也抓緊燭台和手槍，兩人一起來到走廊。藍白色的月光從敞開的大門灑下，月光中有個白色的東西，動也不動站在門檻上。

「是誰？」

醫生的吼叫聲迴盪在走廊。白色的東西回頭，還發出細微的聲音——是海蒂！光著雙腳，身穿白色睡衣的海蒂就站在那裡。她像是被附身似的瞪大了雙眼，猶如被風摧殘的樹葉般不停顫抖。史聖明先生和克拉森醫生驚訝萬分，互看了對方一眼，接著克拉森醫生開口了：

「我記不得是什麼時候見過，她就是那個幫你汲水的女孩吧？」

「海蒂，妳怎麼了？想做什麼？為什麼下樓來？」

史聖明先生問道。海蒂非常害怕，以幾乎聽不見的微弱聲音回答：

「我不知道。」

「史聖明老弟，看來該我出馬了。」

醫生說道，把手上的手槍放在地板上，像父親般輕柔握住仍舊抖個不停的海蒂的手，將她帶上樓。他一面爬樓梯，一面溫柔的向她搭話：

「不要怕，不要怕，妳要冷靜下來，什麼事也不需要擔心。」

來到海蒂的房間，醫生抱起海蒂，讓她躺在床上，還貼心替她蓋好被子。接著，他在床邊的椅子坐下，等海蒂稍微平靜後，牽起她的手哄著她：

「好了，妳已經好多了。剛才，妳打算去哪裡呢？妳說說看。」

「去哪裡？沒有啊？我不是自己走下去的，等我回過神時，我已經站在那裡。」

「我想也是。妳應該是做夢了，而且妳可以清楚聽見、看見某些東西對不對？」

「是啊，我經常做夢，而且總是相同的夢。夢見我在爺爺家，聽得見冷杉的聲音，我想到外面的星星亮晶晶的，就跑到外面去了。外面真的好漂亮！可是，等我醒過來，我發現自己還是在法蘭克福。」

海蒂拚命壓抑，硬是將湧上喉嚨的東西嚥下去。

「妳有沒有哪裡覺得痛？頭？還是背後？或者是想吐？」

「沒有，不是這樣，是跟想哭的時候很像，我覺得很難受。」

「原來如此。那麼，想哭的時候，妳會放聲大哭嗎？」

「不會，羅德曼小姐說過不准我哭。」

「所以妳總是忍著不哭？對了，海蒂妳喜歡法蘭克福嗎？」

「喜歡。」

海蒂答道，可是聽起來像是在否定。

「妳的爺爺住在哪裡？」

「山上。」

「這樣啊！那裡一定不好玩，生活很無聊吧？」

「不會！才不會！山上的生活很快樂，我說真的！」

一想到這裡，海蒂再也忍不住，大顆大顆的淚珠從眼眶不斷湧出，放聲哭了起來。

「乖乖，妳就盡情哭吧！哭出來會舒暢很多，然後放輕鬆好好睡一覺，明天一定會好多了。」

醫生留下溫柔的話語，離開了海蒂的房間。史聖明先生在樓下豎起耳朵聆聽情況，醫生在他對面的**安樂椅**坐了下來。

安樂椅

休息用椅子的總稱，起源於十八世紀法國和英國，有扶手的高背椅。坐墊和椅背的表布為絲綢、棉麻等，有的款式有頭枕，也有能夠前後搖擺的搖椅。

「那孩子得了夢遊症，而且非常想家。她消瘦得好嚴重，必須盡快處理，唯一的方法就是明天立刻讓她回山上，這就是我的處方。」

史聖明先生站起身，焦躁的來回踱步，亢奮的說道：

「那孩子生病了！來我家之後消瘦了！你竟然叫我把原本活力充沛，現在卻如此憔悴的她送回山上？不行，我不能如此殘忍。醫生，能不能請你想個辦法，讓她變得健康些？到時候如果她還是想回山上，我再送她回去。」

「史聖明老弟，她這種病不是吃藥就會好的。她那麼想念山上，只要把她送回去，她就會不藥而癒。假如你不想讓事情變得無法挽救，一定要立刻送她回去。」

「醫生，只能這麼做嗎？好吧，那就沒辦法了，我立刻安排。」

之後，兩人談了很多。克拉森醫生要回去時，這一天的大門，是由這個家的主人親自打開。清晨的陽光，立刻照進屋內。

夏日傍晚，上山去

史聖明先生無法坐著一直等，便去猛敲羅德曼小姐房間的門。每個人都被敲門聲驚醒。

「麻煩妳立刻到餐廳來，我想請妳幫忙準備旅行要用的物品。」

現在的時刻才清晨四點半，但是主人把其他傭人也叫醒了。慌忙起床的傭人們，還以為家裡真的鬧鬼，顧不得衣服穿反了就戰戰兢兢到餐廳集合。然而見到主人一臉爽朗，氣勢十足的在房間裡來回走動，看來不是鬧鬼。

見人來得差不多了，史聖明先生便開始分配工作，吩咐約翰去備馬車，蒂妮特負責叫醒海蒂，要她收拾好旅行用品，賽巴斯欽的任務則是趕往黛特的住處並帶她過來。

這時候，打扮妥當的羅德曼小姐總算現身了，全場只有她一個人穿戴整齊，因此她才這麼晚到；但是她的**繫帶軟帽**戴反了，遠遠看起來就像臉蛋正面和背後連在一起。

「把海蒂的行李，還有幾件克拉拉的衣服也放進皮箱，當作她的禮物。麻煩妳盡快處理！」

羅德曼小姐嚇呆了，腳下像是長了樹根似的僵在原地。她興奮的趕到餐廳，還以為可以在明亮的晨光中，聽到主人在半夜遇到鬼的毛骨悚然體驗，沒想到竟是交代她去做如此無聊又麻煩的事，讓她啞口無言。

史聖明先生拋下呆立原地的羅德曼小姐，走向克拉拉的房間。克拉拉果然也被這片混亂吵醒了。史聖明先生把海蒂發生的情況說給她聽：

繫帶軟帽

用布或稻草做成的軟質帽子，戴法是從頭的後方往前戴，在十九世紀的歐洲非常流行。

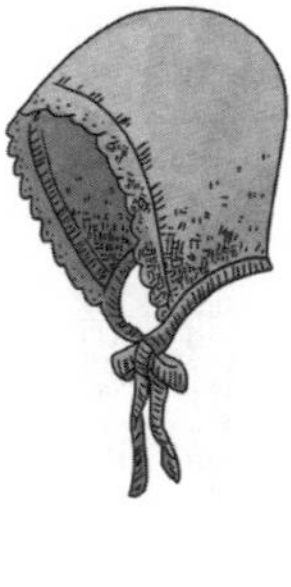

「醫生說海蒂的病情很嚴重，若是置之不理，她夢遊時會越走越遠，甚至有可能爬上屋頂，到時候就會有受傷甚至急及生命的危險，妳也不願意她這樣吧，對不對？所以我們讓海蒂回家去吧！雖然很捨不得，但還是希望妳能接受。」

克拉拉非常沮喪，但史聖明先生和她約定好，只要她做個乖巧的孩子，健康情況也好轉了，明年他們就可以一起去瑞士，克拉拉這才願意放海蒂走。

被找來的黛特，坐立不安在接待室等候。一聽到史聖明先生要她把海蒂帶回山上的爺爺家，她就找了很多藉口，說什麼也不肯去，因為她沒忘記爺爺要她再也不准出現在他面前，最後只好由賽巴斯欽陪海蒂回家。

「賽巴斯欽，你們會在**巴塞爾**住一晚，請你務必留意，海蒂睡著後，你要鎖上房門，窗戶也要關好。那孩子半夜會起來夢遊，在陌生的房子裡到處亂走非常危險，知道了嗎？」

「哎呀！原來是這麼一回事。」

賽巴斯欽終於明白鬧鬼的真相。他杵在原地，反覆思考同樣的事。

（當時要不是沒出息的約翰把我推回去，一定可以查明真相，現在的我一定也會這麼做。）

晨光已照耀著房間的每一個角落。

海蒂被蒂妮特叫醒，蒂妮特一句話也沒對她說，只顧著幫她換上外出服。海蒂一到餐廳，史聖明先生便對她說：

「海蒂，妳起床了啊！妳搞不清楚發生了什麼事，一頭霧水對不對？妳現在要回山上去了喔，馬上就可以回家了。」

「回家？」

海蒂喃喃說道。她的心跳加速，甚至有好一會兒無

巴塞爾

緊臨德國與法國，瑞士的大城市。萊茵河的主要港口，以鐵路連接各國，盛行商業。織品、染料、香料等化學工業也相當知名。此外，這裡有瑞士最古老的巴塞爾大學，也是文化重鎮。（請參見卷頭地圖）

法呼吸。

「咦？妳不想回家嗎？」

史聖明先生微笑道。

「不是的，沒有這回事，我非常想回家。」

海蒂簡單回答後就紅了雙頰。

「沒錯，這樣才對，等妳吃過早餐後，我們就搭馬車出發。」

但是，她一口也吃不下，一想到自己可能又再做那個同樣的夢，海蒂就覺得頭暈目眩。

「賽巴斯欽，帶點吃的在路上吧！現在這孩子好像什麼也吃不下，怪不得她。海蒂，出發前去向克拉拉打聲招呼吧！」

史聖明先生這麼說，海蒂便跑到克拉拉的房間，眼神停留在開著的皮箱上。

「海蒂，妳來，這是我要他們裝進去的，怎麼樣？開心嗎？」

皮箱裡有衣服和圍裙，甚至有手帕及裁縫工具。

「還有這個。」

海蒂偷看了克拉拉得意洋洋拿起的籃子，高興得跳了起來。籃子裡排列著十二個又白又胖的圓麵包。

「馬車準備好了。」

聽到這個聲音，海蒂立刻衝進自己的房間，拿出枕頭下面那本老夫人送的書，還從櫃子最深處拉出用紅色披肩打包的小包裹。

她匆忙向克拉拉道別，一下樓，羅德曼小姐看到紅色披肩就責問她。

「阿黛海德，妳要離開這個家，不可以帶那個走。」

「沒關係、沒關係。不管是烏龜還是小貓，只要這孩子想帶走就讓她帶走吧，羅德曼小姐。」

史聖明先生說得很明確，接著和坐進馬車的海蒂握手。

「千萬不要忘記我和克拉拉。」

他誠懇的說道。

「謝謝您的照顧，史聖明先生。也請幫我轉告醫生，就說我真的非常感謝他。」海蒂說道。昨天醫生說的話，再加上今天發生的一連串事情，她深信多虧是醫生幫了大忙，自己才能夠回家。

馬車啟程了。不久後，海蒂就已經坐在火車上。她偶爾偷瞄緊抱在大腿上的籃子並開心的笑，隨著火車搖晃，沉默了好幾個小時。等一下就能回到有爺爺、群山、奶奶和彼得等待的故鄉，一直到了現在，海蒂才終於深深體會到這是真的。

「賽巴斯欽，奶奶真的還沒死，還健在吧？」

「妳放心，她一定活得好好的。」

賽巴斯欽愛睏的答腔。海蒂的眼皮也越來越重，昨晚她根本沒有安穩睡好覺。

過了不久，火車就抵達了巴塞爾。

隔天，海蒂仍舊沒有放開放在腿上的籃子，繼續漫長的火車之旅。隨著時間過去，終於要回家的感受越來越強；這一天，海蒂沒有和賽巴斯欽說上任何一句話，直到突如其來的廣播聲「邁恩費爾德！」嚇得他們兩人從椅子上彈起來，才趕緊準備下車。火車將兩人和他們的皮箱留在月台上，鳴著長長的汽笛聲，消失在遙遠的山谷間。

賽巴斯欽目送火車離開後，露出吃不消的表情。

（接下來得爬山啊！山路難走又危險，瑞士畢竟還是個交通不便的地方。）

他一邊想著，一邊環視四周，眼神停在車站旁的一輛馬車上。

一名健壯的男人正把剛才那輛火車送來的大袋子裝到馬車上。這個人是德爾弗利村的麵包店老闆，他願意把皮箱和海蒂載回山上的村子。

賽巴斯欽把海蒂叫到身邊，把一包沉甸甸的東西和信交給她，同時對她說：

「這是主人送妳的禮物，絕對不可以弄丟喔，小小姐。」

海蒂把東西和信塞進籃子裡後，藉由賽巴斯欽的協助，爬到馬車高高的座位上。賽巴斯欽伸出手和她握手道別，用麵包店老闆看不懂的手勢，再次比手畫腳叮嚀海蒂，千萬不能弄丟籃子裡的東西。

就這樣，馬車朝山上出發了。麵包店老闆很好奇海蒂為何會回來，一路上一直向她搭話。
「這麼快就回來了啊？都市人沒有善待妳嗎？」
「沒這回事，在法蘭克福，他們都對我好得不得了。」
「那妳為什麼跑回來？」
「是史聖明先生說我可以回家的。」
「話說回來，如果待在那裡很好，妳就應該留在那邊啊！」
「可是我更喜歡爺爺家，喜歡一千倍，世界上再好的地方都比不上爺爺家。」
「這孩子可真奇怪。」
麵包店老闆自言自語道。
「不過，或許是她看得比我們更清楚。」
海蒂環視四周，內心激動得使身體也跟著顫抖。路旁的樹木似曾相識，鋸齒狀的山峰，好像在跟海蒂問好。她恨不得立刻跳下馬車直奔山頂。但海蒂只是靜靜坐在馬車上，全身不停微微發抖。

五點的鐘聲響徹雲霄，馬車也抵達了德爾弗利村。人們發現海蒂，紛紛好奇的聚集過來看熱鬧。麵包店老闆把海蒂抱下馬車，一落地她便撥開重重人群，

「謝謝你，我再請爺爺來拿皮箱。」話才說完，下一秒就拔腿往前衝。見她一臉擔憂，四周的群眾交頭接耳說道：

「看到沒有？她竟然怕成那樣。畢竟這一年來，山上老伯越來越暴躁，也難怪她要回家會害怕成這樣。」

沒想到麵包店老闆卻這麼說：

「錯了，我親眼看到送那孩子到車站的人，非常正派。他體貼的把孩子抱上馬車，二話不說付了我開的車資，甚至多給了小費。那孩子在那個人家受到百般疼愛，然而卻是她主動說要回家，這事千真萬確。」

五點的鐘聲

在歐洲，時鐘尚未在一般家庭普及之前，都由教會敲鐘告知時間。每一小時或兩小時敲一次鐘，地方不同，敲鐘的時刻也不一樣。教會每天早晨、中午、傍晚的祈禱時間也會敲鐘，但敲鐘方式比較特殊，和報時鐘聲有所區別。

這麼驚人的事，很快傳遍了整個村莊。當天晚上，每個家庭都在談論海蒂。

海蒂盡可能加快腳步趕山路。籃子很重，山路也越來越難走，海蒂上氣不接下氣，不時得停下腳步休息。奶奶是否還坐在紡車前？她還健在嗎？這個念頭不停在海蒂的腦中盤旋，心跳也跟著加速。她好不容易抵達了彼得家，焦急打開門便衝了進去。剛衝進去還沒辦法立刻開口說話，氣喘吁吁的站在原地，有個聲音從房間一隅傳來。

「海蒂那孩子就是會像這樣闖進來，是誰來了呀？」

「是我，奶奶！我是海蒂！」

海蒂大叫，緊緊衝上去摟住奶奶。她太開心了，無法用言語表達。奶奶一開始也驚訝得發不出聲音，後來便輕撫海蒂的頭髮並反覆說道：

「是妳，真的是妳，這是海蒂的頭髮、海蒂的聲音沒錯。上帝啊，感謝祢！」

豆大的淚珠從奶奶失明的眼中，滴滴答答落到海蒂的手上。

「奶奶，不要哭。我回來了，再也不會去別的地方。還有啊，有好一陣子，妳都不需要吃硬麵包了，妳知道這是什麼嗎？」
海蒂把全部的麵包拿出來，排列在奶奶的大腿上。
「哇！海蒂，謝謝妳！不過，只要妳能回來，比收到任何禮物都要讓我開心。」
這時候，布麗姬特伯母進來了，她大吃一驚，愣在原地好一陣子。
「是海蒂，真的是海蒂！這真是天大的好消息！」
她大叫道。接著跑到海蒂的身邊仔細端詳，不斷稱讚她的模樣。
「奶奶啊，真想讓妳看看海蒂這身衣服，我差點認錯人呢！那頂有羽毛裝飾的帽子也是妳的吧？戴起來讓我們看看嘛！」
「我才不要，帽子送給伯母，我不要了，我有自己的帽子。」
海蒂這麼說，從紅色披肩中，拿出那頂歷經長途旅程後，早已壓扁的草帽。然後脫掉外出服，用紅色披肩包起裸露的兩條手臂。
「那我要回家了，明天我會再來。晚安，奶奶。」
「好、好，妳要來喔！明天一定要來喔！」

奶奶捨不得放開緊握著海蒂的手，這時伯母開口了：

「海蒂，為什麼把衣服脫掉了？這件衣服很高級呢！」

「我想這個樣子回爺爺家。要是爺爺認不出我，那就不好了，伯母您剛才也認錯了不是嗎？」

「不穿回去真是太可惜了。」

伯母說道，目送海蒂離開。

即將西沉的太陽，照耀著分別抹上冷杉的綠和雪溪的白的阿爾卑斯山脈。忽然，一道紅色的光芒落在腳邊。海蒂一回頭，看見遠方山崖的鋸齒處，面向天空像火焰般燃燒，廣大的雪溪也染上紅色，前方的天空飄著玫瑰色的雲朵。草原閃耀著金黃色。夕陽的光芒受到周圍群山的反射，灑落在地面上；海蒂腳下的山谷，被明亮耀眼的薄霧籠罩。海蒂從未想像過，即使在夢中也不曾見過如此壯麗的景象。現在的她感到非常幸福，失去了言語，只能靜靜的站在原地。

直到光芒終於黯淡了下來，海蒂才離開那個地方，然後飛快爬上山。冷杉的樹頂終於在上方露了臉，接著是屋頂，最後整間小屋也現身了。爺爺叼著菸斗，就坐在屋子前面的長椅上。冷杉的沙沙聲越來越近，海蒂扔下籃子並衝上前去撲抱住爺爺。她實在太開心了，開心到不知道該說什麼才好。

「爺爺！爺爺！爺爺！」

她只是不停叫著爺爺。爺爺也不發一語，不知多少年沒哭過的爺爺，熱淚浮上眼頭，伸手擦去了淚水。他把海蒂的手從脖子鬆開，將她抱起放在大腿上，目不轉睛注視她好一會兒。

「妳回來了嗎？海蒂。看來妳沒有變成傲慢的小大人嘛。怎麼回事？被趕回來了嗎？」

「不是的，爺爺。大家都對我很好，可是我想家了。對了，史聖明先生交給我一封信，上面應該寫著所有的事情。」

爺爺看完信之後，默不作聲就把信收進口袋。

「海蒂，妳願意再和我一起喝羊奶過日子嗎？那個布包裡放著給妳的錢，妳拿

去收在壁櫥裡，總有一天會派上用場。」

海蒂跟在爺爺後面，又蹦又跳走進小屋，接著爬上屬於自己的高椅子，喝了一大碗羊奶。

「這世上沒有一樣東西比我們家的羊奶更美味啊，爺爺。」

海蒂吐了口氣說道。就在這時候，尖銳的口哨聲響起，海蒂立刻飛奔到屋外。跳來跳去的羊群，把彼得圍在正中間，從山丘另一頭現身了。彼得見到海蒂驚訝得不得了，雙腳像是種在土裡似的動彈不得。

「你好，彼得。」

躍入羊群的海蒂，被一湧而上的山羊擠來擠去，擠到彼得身邊這麼說。

「彼得，你也要跟我打招呼啊！」

「海蒂，妳回來了啊！」

彼得終於開口了。

「妳能回來真是太好了！」

彼得欣喜若狂，笑得臉都歪了。然後領著不受控制，拚命向海蒂撒嬌的羊群踏上歸途。

當天晚上，海蒂躺在爺爺重新打造的乾草床上，睡了一個好覺。至於舊床，早在海蒂離家時，爺爺心想她不會再回到這裡，便把它處理掉了。新床飄著剛割下的草的香味。

爺爺非常擔心海蒂的情況，一個晚上去看了她十遍，還檢查了牆上已塞住的圓洞，確認**防止月光射入房間**的稻草有沒有塞緊。不過，海蒂一覺到天亮，並沒有醒過來到處遊蕩。

防止月光射入房間
當時的人相信夢遊症是由月光引發的。

星期天的鐘聲

海蒂在隨風搖擺的冷杉樹下，等著爺爺。他們要一起出門，爺爺到鎮上去拿海蒂的行李箱，海蒂則是趁這時候去找彼得的奶奶。她迫不及待的要去看奶奶，想問她麵包好不好吃。等待的時候，聽著頭上傳來冷杉被風吹響的令人懷念的聲音，實在舒服。

爺爺終於走出家門，心情愉快的說：

「好了，我們出發吧！」

今天是星期六。他們爺孫倆在彼得家前面分手，海蒂飛也似的消失在大門裡。

奶奶聽到她的腳步聲立刻說道：

「來了嗎？來了嗎？是海蒂來了嗎？」

奶奶用力握緊海蒂的手，不知海蒂何時又會被人帶走的恐懼還深植在她心中。

「麵包真的很好吃，多虧了那麵包，我已經很多年沒像現在這樣有活力了。」

「奶奶她啊，捨不得吃麵包，不論我怎麼勸她多吃一點，她昨天和今天才慢慢吃完一個麵包而已。」

伯母說道，海蒂思考了好一會兒。

「我知道了！寫信給克拉拉就行了，請她寄麵包給我們。」

海蒂這麼說，伯母卻說：

「好是好，可是麵包不新鮮就會變硬。德爾弗利村的麵包店也會賣那種麵包，但是我們家只買得起黑麵包。」

「對了！我有錢！我決定要怎麼用那些錢了。奶奶，請妳每天要吃一個白麵包，星期天要吃兩個喔！吃完再請彼得去買就好了。」

「別說傻話了，那些錢不應該拿來買麵包，應該讓爺爺好好保管才對。」

雖然伯母這麼說，海蒂卻熱衷於自己一時興起的想法，興奮的跳來跳去。跳著跳著，她忽然留意到一本老舊的歌本，開口問奶奶：

「奶奶，我現在會念書了，我念那本歌本給妳聽好不好？」

「哇！海蒂妳會認字了？隨便哪一頁都好，挑妳喜歡的地方念吧！」

奶奶打起精神重新坐好，把紡車推到一旁。海蒂隨手翻著本，偶爾念念有詞。

「有一首太陽的詩歌，我就念這首吧，奶奶。」

語畢，海蒂念起歌本，且越往下念，她的聲音也就越熱情。

喜悅的金黃色太陽
閃耀動人，
將清淨的
溫暖的光芒
灑向大地。

上帝創造了這個世界
為的是幫崇敬祂的人
指出一條離開的路，
安穩離開
這個無常的世界。

上帝的救贖與恩惠
不會遭到任何阻撓，
無論現在或永遠
都會撫慰畏懼死亡的我們。

蒙主寵召的安詳喜悅，
我深刻期望

唯一的願望
直達天國。

奶奶動也不動，只是雙手合十，臉上流露著無法言喻的喜悅，眼淚濕了雙頰。

海蒂打從心底感到高興，好想永遠不要將眼光從奶奶身上移開。

和爺爺一起回家的路上，海蒂情不自禁說出想替奶奶買白麵包的念頭。

「可以吧？爺爺。」

「海蒂，要先買床才行，妳得好好睡在一張床上才行，買床剩下的錢還是可以買很多白麵包。」

「可是我比較喜歡乾草床，睡起來很舒服。」

海蒂越說越激動，最後爺爺也只好屈服了。

「那是妳的錢，妳愛怎麼用就怎麼用吧。」

海蒂開心得又蹦又跳，卻又忽然安靜下來。

「爺爺，海蒂很努力在祈禱。假如上帝立刻來到我身邊，就不會發生這麼美好的事情，我只能送奶奶一點點麵包，也只能念一點點的歌本給她聽。然而上帝替我設想，比我自己想的更美好，克拉拉的奶奶說得沒錯。爺爺，我們以後也每天祈禱吧！為了不讓上帝忘記我們，我們也要把上帝牢牢記在心底。」

「假如這麼做還是忘了呢？」

爺爺小聲問道。

「不可以忘啊！忘記的人如果遭遇不幸，沒有人會同情他，因為是他自己從上帝身邊逃開，上帝也會遺棄他。」

爺爺什麼話也沒說，繼續往前走了好一會兒。

「如果已經變成那樣，那就無法挽救了。被上帝遺棄的人，永遠無法回到上帝的身邊。」

他喃喃說道。

「不是這樣的，爺爺。我的書上有這樣的故事，我念給您聽。您還不知道這個故事吧？」

海蒂加快了腳步。一抵達山上，她就甩開爺爺的手急忙跑進屋裡。爺爺卸下背上的背簍，意氣消沉的坐在長椅上陷入沉思。海蒂腋下夾著一本大書，衝出小屋坐在爺爺身旁。

海蒂非常認真的讀起書，她選的是那張**牧羊人的圖的故事**。

「很久很久以前，兒子在父親的牧場照顧健壯的乳牛和綿羊，過著幸福的生活。然而某天，兒子想成為大富翁，於是前往遙遠的國家。可是，離家時從父親那裡得到的錢很快就用光了，在無可奈何的情況下，他去當傭人，衣衫**襤褸**的追趕豬隻，和豬一樣吃葡萄渣充飢。

後來，兒子想起了從前在家的幸福生活，非常後悔

牧羊人的圖的故事
指的是新約聖經中的寓言（路加福音第十五章），教導人們上帝對洗心革面的罪人有多麼寬宏大量，是聖經中最美的一個故事。

襤褸
形容衣服破爛。讀作ㄌㄢˊㄌㄩˇ。

自己對父親的不孝，不禁淚流滿面。兒子打算回家請求父親原諒，要告訴父親：『我不配稱作您的兒子，請你僱用我當工人，讓我留在家裡吧！』他長途跋涉才回到家。父親遠遠看見兒子回來，猛地從家中跑出來……爺爺，您認為接下來會發生什麼事？」

海蒂從書本抬起頭。

「您認為這名父親會生氣的罵他活該嗎？我繼續念，您要注意聽喔！父親見到兒子，非常心疼他，摟住他的脖子親吻他，然後對家中傭人說：『把最好的衣服拿來讓他穿上，替他戴上戒指、讓他穿鞋。宰頭最肥美的小牛來慶祝我兒子回來，他曾經一度死去，如今又再活了回來。這個我曾失去一次的人，現在我又找回他了。』於是所有人歡天喜地的慶祝著——這個故事很棒對不對？爺爺！」

海蒂以為爺爺會很高興，但他一直不說話，海蒂便這麼問。

「是啊，很棒的故事，海蒂。」

當天晚上，爺爺來到熟睡的海蒂枕邊，注視著海蒂的睡臉許久，最後雙手合十，低下頭輕聲呢喃。

「天父啊，我罪孽深重，已經沒有資格當祢的兒子。」

豆大的淚珠沿著爺爺的臉頰滑落。

短短幾小時後，耀眼的星期天早晨來到。爺爺站在小屋前，眼神明亮環視四周。**早晨的鐘聲**響遍山谷四處。

「喂！海蒂！太陽公公爬上山頂了，快換上外出服，我們一起去教會。」

海蒂趕緊換上從法蘭克福帶回來的外出服爬下樓，驚訝得瞪大了雙眼。

「爺爺，您竟然有**這種衣服**？上面還有銀鈕扣，為什麼過去都沒穿過？您穿起來好帥啊！」

早晨的鐘聲

教會通知信徒祈禱時間到了的鐘聲。根據地方不同，時間也不一定，但每天早晨、中午、傍晚一定會在固定時間敲鐘。一聽見鐘聲，人們就會停下手邊的工作祈禱感謝上帝。

「妳也好漂亮。好了，我們走吧！」

兩人手牽手沿著山路走下山，嘹亮的鐘聲從四處傳來。越接近山麓，鐘聲就越響亮。德爾弗利村的教會早已聚集很多人，大家正唱著歌。海蒂和爺爺坐在最後一排的位子，人們紛紛用手頂了頂隔壁的人，交頭接耳討論起來。

「看到沒有？山上老伯來了。」

竊竊私語的聲音，從這個人傳給另一個人，幾名婦人不時回頭看，甚至有好幾個人唱錯歌詞。

禮拜結束後，爺爺拉著海蒂的手，走進牧師居住的公館。一大群人也尾隨在他們後面，聚集在公館前面，七嘴八舌討論起這件大事。

「山上老伯其實也不是什麼壞人嘛？你們也看到他

這種衣服（第177頁）

上教會或祭典的日子會穿的瑞士民族服裝。男性多半是長袖襯衫，搭配有五、六顆大鈕扣的黑色外套和褲子。

那麼溫柔的牽著那孩子的手。」

「所以我不是常說嗎?假如是天生的壞人，根本沒有臉去見牧師。謠言就是會不斷加油添醋。」

聽到這兒，麵包店老闆也忍不住開口了。

「第一個說他是好人的人可是我!如果老伯會虐待兒童，那孩子不可能跑回來。」

婦女們也加入討論，舉出她們從彼得奶奶那裡聽來的事蹟。事到如今，每個人的心中，都對山上老伯產生了善良與懷念的情感，而且越來越強烈。

另一方面，爺爺在牧師的房裡，一開始甚至說不出話來。面對看起來一點也不驚訝，由衷歡迎他的牧師，他感到不知所措。最後爺爺重新振作精神說道:

「我今天來，是希望你忘了我之前在山上說過的那番話，過去的我真是太愚蠢了。今年冬天，我就會下山來搬到村裡住，就算村人會對我冷淡，也是因為過去我的缺點太多，怪不了別人，不過至少還有牧師您不會那樣對待我。」

牧師再度握緊爺爺的手，心痛的說道：

「我的鄰居，無論何時我都會開心的歡迎你。冬季的夜晚，就讓我們一起閒話家常吧，也得幫這孩子交些好朋友。」

他溫柔的摸摸海蒂的頭，接著和爺爺並排，三人一起走出公館。村人立刻一湧而上，爭先恐後要和爺爺握手。

「太好了，歡迎你回來，山上的老伯。」

「我早就想和老伯好好聊一聊。」

溫柔的話語此起彼落。回程時，都已經來到山路的入口，人群還是團團包圍住爺爺和海蒂，甚至想送他們上山。他們好不容易和村人道別，爺爺目送下山的人群離去，久久無法移開雙眼。

海蒂目不轉睛凝視著這樣的爺爺，過了不久才開心說道：

「我從來沒有見過爺爺像今天這麼高興。」

「是嗎？海蒂，我今天覺得非常愉快，能夠和上帝、和人相互接納，真是一件美好的事。上帝肯定是再三考慮，認為這麼做對我最好，才會把妳送到山上來。」

一到彼得的家，爺爺就走到屋內。

「婆婆，妳好。秋風吹起之前，必須再修理一次房子啊！」

「哎呀！是山上老伯的聲音！天哪天哪，太令人驚喜了！你花費心思替我們做了很多事，能夠親自向你道謝，我實在太感激了。啊啊，上帝一定會保佑你的！」

奶奶實在太開心了，用她那雙因喜悅而顫抖的雙手緊握住爺爺這麼說。

「山上老伯，我也要誠摯懇求你，今後就算我做出了任何觸怒你的事，也請你千萬別用送走海蒂來懲罰我。對我來說，這孩子是至上的寶物，相信你再清楚不過了。」

「婆婆，妳不需要擔這個心。我不會用這種懲罰來懲罰妳和我，我不是這種人。從今以後，我們會跟大家在一起，直到蒙主寵召。」

這時候，彼得衝進屋內，遞上一封村裡郵局交給他的信，是克拉拉寄來的，大家興奮的圍在桌邊，聽海蒂大聲朗讀信的內容。

親愛的海蒂：

妳離開後，我真的好無聊。於是，我懇求爸爸，今年秋天帶我去巴德拉加茲溫泉區療養。我和爸爸還有奶奶三個人會去山上拜訪海蒂和爺爺。

還有，奶奶有話要轉告妳。她說妳帶麵包送給彼得的奶奶，真是一件很棒的事。她寄了咖啡給妳，再過不久就會寄到。她說咖啡和麵包可以一起品嚐。等我們到了山上，請務必讓她和山上的奶奶見面。

妳的好友克拉拉

所有人都對這個消息欣喜若狂，大家七嘴八舌討論這件事，聊到忘了時間。克拉拉造訪的那一天固然讓人期待，可是大家能像今天這樣聚在一起，或許才是讓所有人如此開心的主因。奶奶說：

「老朋友來訪，不但和過去一樣也沒變，而且又能再次一起生活，沒有比這件事更令人感激了。」

時間不早了，海蒂和爺爺不得不離開，他們爬著山路回家了。早上嘹亮的鐘聲響起，忽遠忽近響徹雲霄，彷彿在催人快點下山，現在則是沉穩的傍晚鐘聲，在山谷間迴盪，護送兩人回到山上小屋。小屋沐浴在夕陽下，正如愉快的星期天般，閃耀著明亮的光芒。

山上的貴客

每天早上領著羊群上山的彼得，最近心情欠佳。

「海蒂，妳今天會跟我去牧場吧？」

「不行啦，彼得，從法蘭克福來的客人不知道什麼時候會到，我要在家等。」

「妳老是這麼說！明明爺爺也在家啊。」

彼得很不滿。這時候，爺爺力道十足的聲音就會從小屋裡傳來。

「部隊為什麼沒有前進？精疲力盡的是隊長還是軍隊？」

一聽到這番話，彼得立刻轉身揮鞭，羊群便迅速朝山上奔馳而去。

某天早上，海蒂的大嗓門，連在工作間裡的爺爺都聽得一清二楚。

「爺爺，客人來了！您看，走在最前面的是克拉森醫生！」

海蒂高興得飛奔到向她張開雙臂的醫生懷抱裡。

「早安，醫生。還有，真的非常謝謝您！」

「妳好啊，海蒂。不過，為什麼要向我道謝？」

「因為是您我才能夠回到這裡啊！」

克拉森醫生的表情，剎那間轉為開朗。他和海蒂只見過幾次面，還以為她年紀這麼小，不可能記得自己，況且今天他是代替身體不舒服，只好將瑞士旅行延期的克拉拉而來，他認為海蒂會很失望，沒想到她居然還這麼開心的迎接自己。

克拉森醫生的妻子很早就逝世，唯一的掌上明珠也在前些時候離開這個世界了。今年以來，醫生多了許多白髮，以前的他隨時都很開朗，現在卻消沉得判若兩人。史聖明先生不忍心看他如此，便勸他到瑞士旅行。

海蒂聽到克拉拉沒來的理由，驚訝到呆住了。風吹得冷杉沙沙響，她猛的抬頭，便和克拉森醫生憂傷的雙眼四目交接。海蒂從未看過如此悲傷的醫生，她心想，醫生一定是沒辦法和克拉拉一起來，才會這麼難過，她非常不忍心，說什麼也要想辦法安慰醫生。

「對了，春天就要到了，到時候克拉拉和奶奶都會一起來吧。」

接著她牽起克拉森醫生的手去找爺爺。爺爺早就聽海蒂提過醫生的事，感覺好像早已認識了他一樣。他們三人並肩坐在長椅上，聊得非常融洽。

太陽在這期間爬到頭頂，風早已停了，冷杉也安靜了下來。雖然剛邁入秋季，但山上的氣候還很穩定，舒爽的微風吹過和煦日光下的長椅。

爺爺將桌子自小屋裡搬到戶外。

「海蒂，幫我把餐具和食物拿過來吧，我們的菜餚雖然寒酸，不過餐廳景色可是特等的。」

海蒂迅速端來羊奶和起司，還有爺爺親手做的煙燻肉，他們在屋外吃起午餐。克拉森醫生心想，他這一年來從未吃過這麼美味的午餐。

「沒辦法帶克拉拉來這裡，實在太可惜了。這麼好吃的東西讓她吃一陣子，肯定會胖得讓人認不出來。」

這時候，有個男子背後扛著一大包行李爬上山來，原來是託運的物品送到了。醫生對海蒂說：「妳打開看看，裡面裝著什麼呢？」

裡面裝著要送給彼得家的甜點，送給爺爺的菸草，爺爺立刻填進菸斗，海蒂則得到有帽子的斗篷。送給彼得的是種類豐富的德國香腸，再來就是送給奶奶的披肩，又厚又保暖。還有很多很多很棒的禮物，海蒂一一捧在手上端詳，然後回頭對克拉森醫生說：

「不過，我覺得醫生能夠來這裡，就是最棒的禮物。」

醫生驚喜的回她：

「哎呀呀，妳會這麼說，我好意外啊！」

原本聊得很熱絡的醫生與爺爺都露出了微笑。

當太陽西沉到山的另一頭時，克拉森醫生站了起來。爺爺要送醫生回德爾弗利村的旅館，海蒂則是要把禮物送去彼得家。她在彼得家前面和醫生握手說道。

「醫生，明天我們和羊群一起去山上牧場吧！」

「好啊，我們就一起去吧！」

爺爺帶醫生下山去了，海蒂則是來來回回了幾趟，忙著把禮物搬進屋內，排在奶奶的身旁，披肩更直接蓋在她的膝蓋上。

「這些東西都是來自法蘭克福的禮物，是克拉拉和老夫人送的。奶奶，這些甜點很棒對不對？好軟好綿喔！」

布麗姬特伯母驚訝的張大了雙眼，奶奶則是不停撫摸著質感絕佳又暖和的披肩說：

「酷寒的冬天最需要這種披肩，我沒想到這輩子竟然能收到這麼棒的禮物。海蒂，她們真是大好人。」

相較於甜點，奶奶更因為收到披肩而高興，這讓海蒂感到很不可思議。

隔天一大早，克拉森醫生就隨著彼得和羊群上山來。和善的醫生不斷向彼得搭話，但彼得只有簡短回答，兩人聊得有一搭沒一搭，就這樣抵達了爺爺的小屋。

海蒂早已帶著家中的兩隻山羊等著他們上山。海蒂和山羊就像照射在連綿山峰的朝陽般，精神百倍且非常開心。

「今天有醫生一起，我也要去牧場！」

彼得斜眼瞄了一下醫生。爺爺畢恭畢敬的向醫生道早安，遞給彼得的便當也比平常更沉重的壓在肩上。一想到便當裡裝了更多美味的菜餚，彼得不由得偷偷笑了起來。

一行人出發前往山上牧場。海蒂好不容易才趕走拚命擠過來的羊群，和克拉森醫生手牽手，主動和他聊天。羊群、花朵、山崖和鳥……，他們的話題從未中斷。回過神時，已經來到山頂的牧場。一路上，彼得直瞪著醫生的側臉，幸好醫生並沒有察覺到。

海蒂把醫生帶到景色絕佳的特別位置，決定今天就坐在那塊的草地上。放眼望去，群山和谷地都閃耀著秋季的金黃色陽光，在山上也能聽見山下羊群和牛群悠閒的鈴鐺聲。陽光下的巨大雪溪，閃爍著刺眼的光芒，灰色的山崖高聳在蔚藍的天空下。要說有什麼東西在動，只有早晨的微風緩緩流過，過了夏天仍舊綻放的風鈴草的藍色花朵隨風擺動，以及老鷹悠然自得飛過高處。

所有的一切都如此美好，海蒂回頭看了醫生，他不發一語陷入沉思，眺望著四周，發現海蒂正看著他，於是他問：

「這裡的景色真是美不勝收，可是海蒂，帶著悲傷來到這裡的人，該如何才能盡情享受眼前的美景呢？」

「雖然在法蘭克福或許會有，但在這裡沒有人會悲傷。」

醫生微笑道：

「但是，如果悲傷是從法蘭克福帶來的呢？」

「那就向上帝傾訴吧！」

海蒂充滿自信這麼說。

「海蒂，妳說得對。可是，如果讓人傷心的事就是上帝的天意，那又該怎麼告訴上帝呢？」

海蒂陷入思考。克拉森醫生安靜的仰望群山，接著俯瞰山谷，過了一會兒才又繼續說：

「眼睛上有巨大的陰影遮蓋了，就算周圍有再美麗的事物也會看不見。周圍越美，反而更加讓人難過，妳能夠明白這種感受嗎？」

一陣刺痛穿過了海蒂原本興高采烈的心。聽到眼睛上有巨大的陰影，她立刻想到彼得的奶奶。海蒂沉默了許久，然後一臉嚴肅的說道：

「我明白那種感受，可是奶奶說過，這時候只要聽詩歌，心情就會比較明朗，甚至有可能變得非常非常開心！」

「什麼樣的詩歌？可以唱給我聽聽嗎？」

海蒂雙手交疊，思考了一會兒。

「有一段能讓奶奶心情好轉的段落，我從這裡開始唱。」

她回答道，然後唱了起來。

有時候，

上帝會任性的
從我們身上
奪走慰藉，
我們只能恐懼
心痛嘆息，
哀嘆主遺棄我們
將我們置之不理。

但是，
只要不離開主的身邊，
總有一天，
意想不到的時候，
主會拯救我們，

讓我們擁有
不知憤怒的真心，
主會伸出援手
除去我們擔負的重荷，
端看主的心情。

海蒂忽然停下歌唱。克拉森醫生以單手掩住眼睛，一動也不動。海蒂心想，他一定是睡著了，等他醒來若還想聽歌，再繼續唱給他聽吧。但其實醫生並不是睡著，在遙遠的過去，他也曾聽母親唱過這首詩歌，母親溫柔的歌聲，他到現在仍記憶猶新。

克拉森醫生終於抬起頭，眼前是海蒂那對詫異凝視著自己的雙眼。醫生牽起海蒂的手，比剛才開朗的對她說：

「海蒂，這首詩歌真棒，我們一定要再來這裡，然後妳再唱這首詩歌給我聽。」

在這段期間，彼得做了許多事來排解煩躁的心情。因為海蒂難得來到牧場，卻都黏著克拉森醫生，彼得根本沒機會接近他們。他在不知情的醫生背後高舉起拳頭，一副要嚇唬他、給他好看的樣子。不知不覺中，彼得的拳頭從一個變成兩個，不斷反覆惡作劇。

不久，到了中午，彼得突然扯開嗓門大吼。

「吃飯了！」

醫生回答說：「我還不餓，可以給我一杯羊奶就好嗎？」

海蒂也有同感，跑到彼得身邊對他說：

「彼得，你幫克拉森醫生擠一碗大白鵝的奶，我也要一碗，我們喝羊奶就可以了。」

「那誰來吃袋子裡的便當？」

「彼得你吃吧！不過，羊奶要快一點喔。」

彼得飛也似的跑去擠奶，他從來沒有跑得這麼快過。把羊奶遞給醫生與海蒂後，彼得立刻看袋子裡裝了什麼。他發現裡面裝著大塊的煙燻肉，高興得全身發抖。然後他又檢查了一次，接著激動的把手伸進去。一探入袋子，彼得想起剛才對醫生的舉動，對於送了這麼棒的禮物給自己的醫生，忽然感到十分愧疚。他趕緊跑到剛才舉起拳頭的地方，張開雙臂高高舉起。這麼一來，剛才的揮拳就「扯平」了。他放下心中的大石頭，回到原處，吃起這個千載難逢的豪華便當。

醫生必須比彼得和羊群早一步回村裡，就在送他回去的路上，海蒂對他說：

「羊群最喜歡在這裡吃草。那裡到了夏天會率先盛開很多黃色的**野玫瑰**，再過去的那裡開的是**當藥**。」

兩人道別後，醫生沿著山路走下山。他有時回

野玫瑰

生長在日照充足的山野，薔薇科的落葉小灌木。晚春時會開直徑二至三公分，香味宜人的白色花朵，花莖有長刺。

頭，就會看見海蒂站在原地對自己揮手。以前克拉森醫生的女兒也會像海蒂這樣目送他外出。

這一年的秋天，晴朗又溫暖的天氣持續了好一陣子，克拉森醫生幾乎每天早上都上山來，爺爺甚至陪他一起爬過更高的山。和爺爺邊走邊聊天，是醫生最大的樂趣。只要是山上的植物，不管是樹木還是草、花朵甚至是青苔，有什麼作用，在什麼地方可以發現它們的蹤跡，爺爺無所不知無所不曉，讓醫生佩服得五體投地。爺爺也知道很多動、植物的趣事，每當要和爺爺道別時，醫生一定會這麼說：

「哎呀，每次和你說再見，我就變得更聰明一些了呢。」

然而，快樂的九月即將接近尾聲，克拉森醫生回法

當藥（第195頁）

獐牙菜科的二年生植物，多生長於山野。高度約二十至三十公分，秋季會開白花。開花的整棵植物經過乾燥後，可用來治療胃腸疾病。

蘭克福的日子終於來臨。他已經愛上這裡，實在很捨不得回去，爺爺和海蒂當然也覺得遺憾。醫生向爺爺道別，然後問海蒂：

「可不可以送我一小段路？」

海蒂和克拉森醫生手牽手，沿著山路走下山。但其實，海蒂到現在還無法接受醫生真的要回家去了。

走了一小段路後，醫生說話了。

「我們就在這裡說再見吧！要是能把妳帶回去當我家的孩子就好了。」

海蒂頓時想起城市裡的事：許多的屋子、石板路、羅曼德小姐、蒂妮特……，她回答得有點含糊。

「不過，我比較喜歡醫生再來這裡。」

「妳說得沒錯，這樣子比較好。那麼，妳要保重喔，海蒂。」

克拉森醫生牽起海蒂的手說道，濕了眼眶。他趕緊轉過身去，幾乎是用跑的、跑著下山。

海蒂茫然杵在原地，動彈不得。接著，她突然大哭了起來，匆忙追了上去。

「醫生！醫生！」

克拉森醫生回頭，停下了腳步。海蒂追上他，早已哭花了臉。

「我要跟你一起去法蘭克福，我願意成為醫生家的孩子。請你等一下，我去跟爺爺說。」

海蒂邊哭邊說，克拉森醫生溫柔的安慰她。

「不可以喔，海蒂。妳現在應該留在冷杉樹下再住一陣子，否則妳又會生病。不過啊，妳願意答應我嗎？將來如果我生病了，孤單單一個人，妳願意來找我嗎？願意陪在我身邊嗎？」

「我會去，我一定會去。我喜歡醫生，就像喜歡爺爺一樣。」

海蒂依然一邊啜泣一邊說。

兩人又道了一次再見。醫生加快腳步離開，最後又回頭，遙望著不停揮手的海蒂，以及陽光中的群山，小聲的自言自語道：

「山上真是個好地方，讓我身心都獲得重生，再次覺得活著是一件快樂的事。」

德爾弗利村的冬季

山上的房屋都深深埋在積雪裡。即使如此，雪仍舊每晚下個不停。早上一到，彼得便從窗戶跳到屋外，「咚」的一聲，身體陷入鬆軟的雪堆裡，整個人消失不見了。他用力揮手動腳，從頭到腳用盡全力拚命掙扎，好不容易才爬到雪地上，母親這時便從窗戶遞給他一支大掃把。彼得靠這支掃把撐著，終於來到大門前。但接下來才是最辛苦的，他必須把門口的積雪移到旁邊，否則一開門就會有巨大的雪塊滾進廚房。萬一外頭的雪結凍，大門根本也打不開。

今年冬天，爺爺按照約定下山了。十月中旬一開始下雪，他便將山上小屋上鎖，帶著海蒂和兩隻羊來到德爾弗利村。村裡教會的牧師公館旁，有一間眼看就要崩塌的舊房子，爺爺租下那間房子，整個秋天都忙著修繕。

一走進屋內就是寬敞的大廳，沒了天花板，其中一面牆壁整片崩塌，另一面牆則是垮了一半。粗壯的**爬牆虎**，纏繞在早已沒了玻璃的氣窗上。走過大廳通往下一個空間，這兒也沒有門，部分地面還留有美麗的石板，縫隙中長滿又高又茂密的雜草。這個大空間的天花板和牆壁也幾乎都倒塌了。爺爺在這裡用木板圍起一面牆，裡面鋪了稻草，替羊兒打造了住處。

這個空間延續出去的走廊，天花板和牆壁都是坑洞，能夠清楚看見天空和草原；沿著走廊繼續往前走，會碰到一扇結實的門，打開後是一間寬敞的房間，損壞狀況不太嚴重。

客廳一隅有座直達天花板的大**暖爐**，暖爐的白色磁磚上有藍色圖樣，畫著古老的塔、帶著獵犬的獵人、正

爬牆虎

葡萄科的攀緣植物。利用卷鬚前端的吸盤，附著在岩石或樹木上。

在垂釣的漁夫等等。海蒂非常喜歡圍著暖爐放置的長椅，爺爺一帶她走進這間房間，她就立刻坐在長椅上，一邊看磁磚上的圖看得入迷，一邊挪動屁股前進。

海蒂繞到暖爐後面時，在暖爐和牆壁之間，發現一個曾用來裝蘋果的大箱子，裡面有和山上小屋非常相像的乾草床墊及布袋做的被子。

「哇啊！爺爺，這是我的床對不對？好棒喔！那爺爺的床在哪裡？」

「妳得睡在暖爐邊，免得著涼。要看我的房間嗎？」

爺爺的床就放在客廳對面的小房間裡。

客廳的隔壁是廚房。這廚房寬敞得不得了，不過牆壁也是坑坑洞洞，還有裂痕，看來爺爺還有得忙。廚房隔壁的房間早已變成一堆瓦礫，看不出原本是個房

暖爐（第201頁）
早時在歐洲常見的取暖器具，多用具保溫效果的磚塊或陶製磁磚砌成，先在爐內燃燒木柴讓室內變暖，火熄了之後，磚塊和磁磚也會持續散發熱度，達到長時間適度保暖。

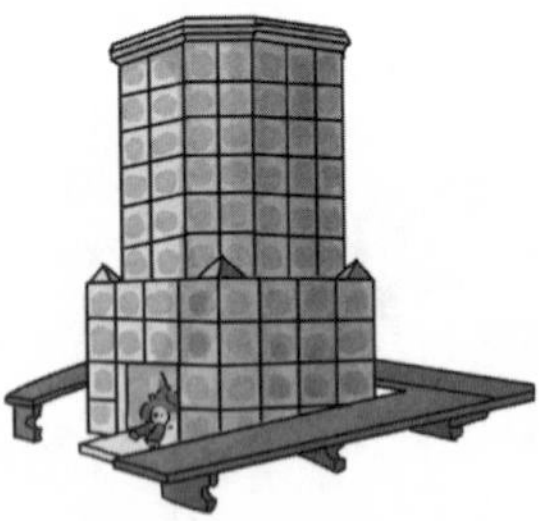

間。夏天時草長得非常茂盛，瓢蟲和蜥蜴大大方方的住了下來。爺爺用很多鐵絲和釘子，修理通往這裡的舊門，這麼一來門就可以緊閉，真是太厲害了。

海蒂非常喜歡這個新家。隔天彼得來探望時，她早已摸清房子的每一個角落。

「不行不行，彼得，這裡也要看才行！」

在帶彼得看過每一個角落之前，她甚至不許他坐下。

第四天，海蒂有些擔心的說：

「今天我要去奶奶家看看，奶奶一定很想我。」

但是爺爺卻不肯答應。

「今天不行，明天恐怕也不行。山上的積雪很深，雪還是下個不停，彼得八成也是被這場大雪困住了。妳這個小不點，踏出去一步就會陷進雪裡，找也找不到。等雪變硬再去吧！」

等待令人痛苦，但是海蒂在家中有許多事情要忙，而且她也開始去德爾弗利村裡的學校上學了。她在學校沒有遇見彼得，老師是個善解人意的人，她說：

「彼得今天也沒有來上學，真希望他來呢。不過，山上下著大雪，應該沒辦法出門吧？」

但是過了中午，學校放學後，彼得多半會到海蒂家去玩。

幾天後，太陽難得露臉，將光芒灑向一整片的銀白色世界。到了夜晚，碩大的明月將地面照得亮晃晃的。天亮後，整座山從上到下就像水晶似的閃閃發光。

這天早上，彼得一如往常從窗戶跳下來，沒有被鬆軟的雪埋住，而是撞上結成一塊、硬梆梆的雪地，整個人翻了過去，接著就像沒有人操控的雪橇般，一路滑到下方。彼得驚訝得站起身，使出吃奶的力氣用力踩，然而就算他使勁用腳跟踢，也無法削下任何一塊冰，山凍得像石頭般堅硬。彼得很開心，這麼一來，海蒂又可以上山了。他趕緊跑回家，灌下羊奶，把麵包塞進口袋裡。

「我去上學了！」

他雀躍的拉出雪橇，有如閃電般一口氣滑到山下。

可是，彼得並沒有去上學，而是一直到海蒂放學回到家，和爺爺一起吃午餐的時候才現身。

「可以了！」

彼得一進門就這麼說。

「什麼東西可以了？老大，你真是生龍活虎啊！」

爺爺說道。

「就是雪啊！」

「太棒了！可以去奶奶家了！」

海蒂馬上領悟到彼得想說什麼，興奮的說。

「不過，為什麼你不來上學？你明明可以滑雪橇下山來的不是嗎？」

「雪橇滑起來實在太猛了，一滑就過了德爾弗利，跑去邁恩費爾德了。等我掉頭回來，已經趕不上了。」

「原來你蹺課啊！會做這種事的人，以後我會拿鞭子，像不聽話的山羊一樣鞭打他。」

嚇得發抖的彼得，擔心的查看房間角落有沒有打山羊的鞭子。對彼得來說，這世上最偉大的人就是爺爺。

「好了，先過來這裡吃點東西吧！海蒂可以跟你回家，傍晚再帶她回來，然後你在這裡吃完晚餐再回去。」

爺爺說道。出乎意料的進展，讓彼得笑開懷，一屁股坐在海蒂的旁邊。

「太好了！我已經吃飽了，剩下的都給彼得吃！」

海蒂把裝著大顆馬鈴薯和烤起司的盤子推到彼得面前。爺爺也把一個裝滿菜餚的盤子推到他面前，而彼得也不是省油的燈，把所有食物都大口大口往嘴裡放。

海蒂穿上克拉拉送她的那件有帽子的斗篷，站在吃個不停的彼得身旁等待。當彼得吞下最後一口時，海蒂便迫不及待說道：

「好了，我們走吧快走吧！」

兩人便一起外出了。

一路上，海蒂聊著大白鵝和小熊住進新房子的那天，垂頭喪氣的什麼也沒吃，甚至連叫也沒叫一聲。

「我問爺爺為什麼會這樣，爺爺說牠們就像在法蘭克福那時候的我一樣。那種心情啊，要親身體驗才會明白。」

海蒂說道。

彼得家只有伯母一個人在縫補衣服。

「哇！海蒂，歡迎妳來。奶奶最近都躺在床上，天氣太冷了，實在讓她吃不消，再加上她的身體狀況也不太好。」

海蒂第一次遇到這種情況，趕緊跑到奶奶的床邊。

「奶奶，您是不是很不舒服？」

她問道。

「幸好、幸好！」

無時無刻都在擔心海蒂又會被帶去法蘭克福的奶奶這麼說，開心的迎接了海蒂的腳步聲。

「我沒事，只是寒氣逼人，有點受不了。」

「那麼，等到天氣變暖，您就會好了嗎？」

「當然會。我今天正想起來去紡車前做點工作呢。」

聽到海蒂嚇壞了的聲音，奶奶強打起精神回答。聽到奶奶這麼說，海蒂也鬆了一口氣，接著是一臉不解的問道：

「奶奶，在法蘭克福，披肩是散步時用來披在肩膀上的，您誤以為它是睡覺時在床上蓋的東西嗎？」

「我的被子很薄，實在好冷，所以睡覺時也拿這披肩來蓋。」

「啊啊，奶奶，您的頭比身體低，這樣不行啦！」

奶奶睡在扁得像板子的枕頭上，只好邊調整頭部墊高的角度邊跟海蒂說：

「話是沒錯，不過這個枕頭本來就不怎麼厚，而且也用很久了。」

「啊啊，早知道就拜託克拉拉把我的床一起送過來。那張床有三個大枕頭，我總是睡一睡就從枕頭上滑下去，害我睡得不太好。如果有那些枕頭，奶奶睡起來就會比較輕鬆了吧？」

「是吧，把頭墊高，呼吸也會比較順暢。不過，枕頭的事不打緊，我每天都有白麵包可以吃，還有溫暖的披肩，已經夠奢侈了。要是我再要求什麼，肯定會遭天譴。比起這些，我更想聽妳念書給我聽呢。」

奶奶聽著海蒂念書的聲音，開心的露出微笑，把身體的病痛拋到九霄雲外。

「奶奶，您好多了嗎？」

「是啊，舒服多了，變得輕鬆很多。好了，海蒂，妳就念到最後吧。」

這首詩歌的最後是這樣的：

當我的雙眼矇矓，
請照亮我的靈魂。
我會滿心喜悅，
猶如前往故鄉般，

「奶奶，我非常可以體會這種歸鄉的心情。」

奶奶很清楚海蒂在說什麼，露出了微笑。

差不多到了該回家的時間，奶奶一如往常握緊海蒂的手，捨不得放開。

彼得拉出雪橇，兩人就像飛在空中的小鳥般滑下山。月亮照亮了純白的雪原，讓人有即將破曉的錯覺。

夜晚，海蒂鑽進暖爐後面的乾草床後，滿腦子還是惦記著奶奶。假如每天能夠念歌本給奶奶聽，當然是最好，但下一次去彼得家，可能得等到一星期後，說不定要兩星期後才能去。

海蒂想著想著，想到了一個好主意，迫不及待明天快點來。她誠心祈禱後便沉沉的睡去。

隔天，彼得終於乖乖來上學。放學後，他繞到爺爺家，等他多時的海蒂看到他來便說：

「彼得，你要學認字！」

「我學不來啦。」

「沒這回事。克拉拉的奶奶說你的這種想法才是錯誤的根源。我來教你，等你學會，就能每天念歌本給奶奶聽了。」

「不學會怎樣嗎？」

海蒂還以為這是個絕佳的好點子，卻被彼得斷然拒絕，因而感到非常憤怒。她眼神發亮狠狠瞪著彼得威脅道：

「你不學認字會有什麼後果，我來告訴你吧！你啊，會被送到法蘭克福去，我親耳聽到伯母說了兩次，那邊有專門給男生上的學校，那裡的老師可不像我們現在的老師那麼溫柔，他們很多都穿著全黑的衣服，戴著這麼高的帽子，看起來很凶。輪到你起來念書時，要是念錯了，那些老師就會狠狠教訓你。他們的心地比蒂妮特還壞。蒂妮特有多壞，彼得你應該不知道吧？」

「那我願意學認字。」

彼得非常沮喪，也有一點生氣。海蒂立刻拿來一本書，兩人並肩坐在桌子旁。

「你要記住這個。」

海蒂說完後便念了起來。

今天學不會ABC，

明天大家都會笑你；

「我不要這樣！」

「那你就學認字啊！」

彼得反覆念了這三個字母好幾次。

「好了，記住了吧？那麼，我們要繼續往下學了。」

假如無法流暢說出 DEFG，
就會遇到倒楣事；
別忘了還有 HIJK，
瘟神就在你身邊；
要是卡在 LM，
就糟糕了，
祂會罰你，害你臉紅紅。

爺爺在一旁一面抽著菸斗，一面聽著海蒂他們在上課，嘴角偶爾抽搐，覺得很可笑。因為這首 ABC 之歌充滿恐嚇人的歌詞，彼得每一句歌詞都當真，嚇得臉色發白。海蒂安慰他說：

「彼得，你不用怕成這樣，你只要每天都來學認字，很快就會牢牢記住。就算下大雪，你也要突破萬難前來喔！」

彼得也承認下雪對他來說不成問題，反倒是歌詞更可怕。於是他按照約定，每天都來海蒂家，勤奮學習認字。況且，爺爺都會請彼得吃晚餐，彼得覺得認真念書也不是一件壞事。

彼得學習的速度說不上飛快，但在他仍十分努力，慢慢在進步。就這樣，冬季一天一天過去了。

某天傍晚，從海蒂家回到家的彼得，一跑進屋內就大叫：

「我會了！」

他的母親布麗姬特問道：

「你學會了什麼？」

「念書啊！」

「真的嗎？奶奶，妳聽到了沒有？」

「好，我要念了！」

彼得坐在桌前，念起那本歌本。母親坐在他身邊聆聽，他每念一個段落，她就感動的說：

「沒想到彼得竟然會念書了！」

布麗姬特很久沒有聽到美麗的詩歌，聽得入迷。

隔天，在學校上**國語**課時，彼得念課文也念得很流暢，讓老師嚇了一大跳。每天一到晚上，也一定會念詩歌給奶奶聽，是海蒂交代他一定要這麼做。不過，他只念一首，奶奶也沒有要求他多念一些。

布麗姬特每天都對彼得學會認字一事感到驚訝。等到朗讀高手入睡後，她就會一再對奶奶說：

「我們家的彼得竟然能夠念書念得那麼棒，我真的好高興，那孩子的將來一定會充滿希望。」

有次，奶奶也這樣回她：

「彼得學會念書，真的很了不起。不過，到了春

國語

瑞士的官方語言有德語、法語、義大利語以及羅曼什語，這裡指的是德語。由於德國方言也不少，在學校學的是標準德語。

天，海蒂就會回到山上，我簡直等不及她來念更多的詩歌。彼得念給我聽的詩歌，有時候會漏詞，聽著不禁感到哪裡怪怪的，有時還越聽越糊塗。」

原來是彼得會耍詐，念歌本時一碰到比較長的句子，或是艱深的單字，他都會若無其事的跳過不念，因此彼得念的詩歌**幾乎都沒有人名**。

幾乎都沒有人名

德語的人名或物品名，第一個字母都是大寫。德國文字（請參閱第117頁）的大寫和小寫，字體差異很大，先學小寫的彼得，恐怕不會念第一個字母大寫的人名。

遠方的朋友

來到五月，雪融化成的水讓小河水位高漲，從山峰一股作氣往山谷流。在溫暖耀眼的陽光下，蔥綠再度籠罩群山。最後的殘雪也消失得無影無蹤，提早綻放的小花，在鮮綠的青草下甦醒。爽朗的春風穿梭在冷杉間發出低吟；樹木抖落去年早已發黑，乾枯如針的舊葉子，冒出翠綠的新芽，清爽的換上全新面貌。老鷹也展開雙翼，翱翔在遠方的青空。金黃色的陽光，溫暖照射著山上小屋，濕漉漉的地面漸漸收乾，就算隨地而坐也不怕溼了衣服。

海蒂回到了山上。她四處跑跳，聆聽風的聲音。風發出奇妙深沉的低吟，從山崖高處往下吹，越靠近地面威力越猛；冷杉的樹枝被吹得不停抖動，高興得呼呼叫。「唔哇！」海蒂也好開心，和樹枝一起接受風的洗禮。接著，她跑到小屋前面的向陽處，仔細觀察小花。**羽蟲**、小瓢蟲們沐浴在陽光下，快樂的飛舞或爬行。

「是山頂！山頂！山頂！」

牠們彷彿異口同聲唱著歌。

房子後面的加蓋小屋，敲打的鏗鏗聲和鋸子的沙沙聲此起彼落。這是海蒂自從回到這裡的第一天起，就經常聽到的熟悉聲響。海蒂跑到工作間找爺爺。

「我知道爺爺在做什麼！這是老夫人的椅子，這是克拉拉的椅子，對不對？不過，可能還需要再做一張給羅德曼小姐。爺爺，您覺得羅德曼小姐會一起來嗎？」

「我也不知道。不過，多做一張比較保險。」

海蒂陷入沉思，望著沒有椅背的木椅，仔細思考羅德曼小姐是否適合這種椅子。過了一會兒，她憂心忡忡

羽蟲
泛指有兩片或四片翅膀，會飛的小蟲子，如蜜蜂等。

歪著頭說：

「爺爺，羅德曼小姐應該不會坐這種椅子吧？」

「那就請她坐青草沙發吧！一片翠綠很漂亮的。」

爺爺一派輕鬆回答道。

五月的某一天，克拉拉的信寄到山上小屋。一如往常的，是彼得把信帶到山上來。

「來自法蘭克福的信！是克拉拉寄來的。我來念，爺爺您要注意聽喔！」

爺爺正希望她這麼做。彼得也把背靠在門口的柱子上，只要別讓身體搖來晃去，他就能理解海蒂的字詞。

親愛的海蒂：

我們的行李已經打包完畢，再過兩、三天就會出發。爸爸人在巴黎，不會跟我們同行。

克拉森醫生每天都對我說：「好了，妳快上山去吧！」這個冬天，他幾乎每天都來家裡告訴我他在山上過得多麼快樂。醫生恢復精神而且朝氣蓬勃，跟去之前簡直是判若兩人。

啊啊，我也好想快點去找海蒂，看山賞花，從遠處俯瞰村落和街道，讓新鮮空氣吹拂，還想跟彼得和羊群交朋友！

按照醫生的囑咐，前六個星期我們會待在巴德拉加茲溫泉區，之後再去找妳。奶奶跟我同行，她也非常期待去看妳。

不過啊，無論奶奶好說歹說，羅德曼小姐還是堅持：「我的身分不適合去那裡，我還是不去了。」都是賽巴斯欽一直嚇唬她，說瑞士山路很險峻，人類又不是山羊，跑去那種地方，能活著回來已是萬幸。她之前本來對瑞士旅行很感興趣的，這下完全打消念頭了，而且好像連蒂妮特也感染到這份恐懼，說什麼都不肯來，所以只有我和奶奶會去拜訪你們。賽巴斯欽則是把我們送到巴德拉加茲就會回家。

真想趕快去找妳。我最喜歡的海蒂，請妳務必保重。奶奶也要我向妳問候。

妳的好友克拉拉

彼得一聽完這封信，就從柱子跳開，拚命揮舞鞭子。羊群嚇得半死，紛紛往山下逃竄。彼得追著羊群跑，仍舊不停揮舞手上的鞭子，彷彿在對著無形的敵人發洩內心的憤恨。

回到家中，彼得還是憤恨不平。奶奶從他支離破碎的敘述中，得知法蘭克福那群人要來瑞士，擔心到晚上失眠。這一陣子以來，奶奶白天不再躺在床上，反而像往常一樣坐在房間的一隅紡紗，然而自從聽了彼得轉述的那一天起，她就心情沉重，害怕海蒂又會被帶走，神情也從未像現在如此憂鬱。

然而，有很長一段時間，星星都不像今年五月這麼耀眼美麗。不只是夜晚，也有很長一段時間，沒有像這樣連續晴朗的好天氣。每當爺爺望著天空沒有一片雲彩，太陽越爬越高時他就會這麼說：

「看來今年老天爺很賞臉，草也會長得特別茁壯。喂！老大，你要當心，別讓羊群吃太多，不然你會應付不來！」

一聽到這番話，彼得便高舉鞭子揮舞，臉上像是寫著：「我才不會輸給山羊！」

蔥鬱美麗的五月過去，邁入了六月。太陽火辣辣，白天也跟著越來越長。在山上，五彩繽紛的各種花朵，在陽光照射下齊綻放，盡情散發出香甜的味道。

某天早上，在小屋外的海蒂，以非比尋常的聲音大叫，爺爺聽見便從工作間衝了出來。

「爺爺、爺爺您來一下，您看您看那裡！」

海蒂奮力伸出的手指那端，有個罕見的隊伍正沿著山路爬上來。兩名男子扛著轎子走在隊伍最前方，上面坐著一個圍著披肩的女孩。接著是騎馬的高貴婦人，不斷四處張望，還不時向女孩子搭話。後方有人推著輪椅，還有人用背架扛起堆得很高的毛毯和毛皮爬上山來。

「來了！來了！」

海蒂手足舞蹈，開心得不得了。隊伍越走越近，轎子終於被放下來，海蒂便飛奔過去。

兩個好朋友為重逢感到欣喜若狂。從馬背上下來的老夫人，溫柔的對海蒂搭話，接著和爺爺一見如故，兩人熱烈的聊了起來。

「山上的爺爺，您這地方實在太棒了！超乎我的想像，連國王都會羨慕。還有，看看海蒂，簡直像朵玫瑰。」

老夫人一把將海蒂拉近身邊，輕撫她充滿光澤的雙頰。克拉拉也被四周的景色震撼住了，她從未見過，也從未想像過眼前這副景象。

「這裡好漂亮，真的好美！我再也不想去別的地方了，奶奶。」

這時爺爺開口了：

「大小姐還是坐慣用的椅子比較好吧？」

然後以健壯的手臂抱起克拉拉，將她輕放在輪椅上並蓋上毯子，還把她的雙腳放在墊子上，讓她坐起來輕鬆一點。這個動作實在太熟練了，老夫人訝異的說：

「哇！您是在哪裡學到這些的？如果您願意透露，我就要把所有認識的護士都送到那裡訓練。」

「與其說是學，不如說是習慣。」

爺爺說道，露出淺淺的微笑，表情卻顯得有點悲傷。過去他待在軍隊時，在**西西里島激戰**中受重傷的隊長，就像克拉拉這樣行動不便，平常都坐在椅子上。而照顧他直到過世的，正是爺爺。

爺爺回想起隊長，記憶猶新。盡可能為生病的克拉拉做任何事，他認為這是自己的義務。

西西里島激戰

西西里島位於義大利半島的前端，是地中海最大的島嶼。一八六〇年，西西里人欲脫離原本統治該島的拿波里王國而起兵，由朱塞佩・加里波底率領千名紅衫軍打敗了拿波里皇家軍隊。隔年一八六一年，西西里島歸屬於義大利王國。

「啊啊，要是我也能和妳一起走路，那就太棒了！好想繞小屋一圈，也想去冷杉樹下。」

聽到克拉拉這麼說，海蒂馬上推了輪椅。輪椅動了起來，在草原上輕輕滑動，停在冷杉樹下。

冷杉伸展出長長的樹枝，幾乎要碰到地面，越低的枝葉越茂密。不管是克拉拉還是跟在兩個孩子後面的老夫人，都沒有見過如此高聳的大樹，只能屏住呼吸仰望。藍天高掛，無論是被風吹得發出聲響的樹梢，還是魁梧的樹幹，冷杉的每一寸每一分都十分壯觀。這些樹木從很久以前就生長在這座山上，俯瞰著人去人來，世間不停變化，不變的只有它。

海蒂把輪椅推到羊舍。羊兒上山去了，羊舍裡空蕩蕩的，克拉拉失望的說：

「奶奶，我可不可以等大白鵝、小熊還有其他山羊和彼得回來？沒見到他們我覺得好可惜喔。」

「乖孩子，我們已經見到這麼美麗的景色，要懂得知足，不可以再奢求更多。」

老夫人這麼說。

「哇，花開了！有紅的有藍的，那裡開了好多花。」

海蒂立刻飛奔過去，摘了兩手滿滿的花回來。

「花兒可不只那些喔，克拉拉。要是妳能一起去牧場就好了。那裡有紅色的獐牙菜花、藍色的風鈴草、黃色的**賽菊芋**，還有不知名的褐色小圓花，好香好香喔！」

「唉唉，奶奶，我可不可以去牧場？那麼高是不是上不去？真希望我能走路。」

「我幫妳推輪椅！」

海蒂說道，轉了輪椅的方向。她這麼一轉，輪椅差點滑下山崖，好在爺爺在千鈞一髮之際攔了下來。

爺爺已備好午餐。這個能夠遙望山谷，仰望群山聳

賽菊芋

指的是菊科的賽菊芋。原產於北美，多年生草本植物，高約一至一點五公尺。七至十月會開直徑四至六公分左右的黃色花朵。整體外觀和菊芋相似，故得此名。

立藍天的餐廳，讓老夫人滿意得不得了。

「我這輩子第一次在如此壯麗的地方用餐。」

老夫人讚嘆了好幾次。

「話說回來，克拉拉現在吃的應該是第二塊起司了吧？」

「因為實在太好吃了嘛！比拉加茲飯店的任何菜餚都要好吃。」

克拉拉這麼說，津津有味的吃著起司，把臉頰塞得圓鼓鼓的。

「來來來，多吃一點，沒什麼好菜，但山風就是最好的調味料。」

爺爺說道。爺爺和老夫人非常合得來。他們聊著各種人事物與世間的變換，話匣子打開就沒有間斷。

就這樣，時光流逝，老夫人望著西邊天空說道。

「我們差不多該告辭了，克拉拉。太陽早已西沉，接我們回去的人快來了。」

至今都很開心的克拉拉，頓時變得悶悶不樂。

「再待兩小時，不，一小時就好。奶奶，可以嗎？我還沒有參觀海蒂的家，我也想看看海蒂睡的床。」

「不可以任性。」

老夫人嘴上這麼說，但其實她也很想參觀小屋，便決定進去看一下。克拉拉的輪椅太大了，進不了大門，爺爺便抱著她走進屋內。

小屋裡整理得非常乾淨整齊，老夫人開心得很，興奮的到處看。一發現樓梯就立刻爬上去，還進了閣樓。

「哇，好香啊！睡在這裡一定能睡得很香甜。」

緊接著，抱著克拉拉的爺爺和海蒂，大家都爬梯子上來，聚集在海蒂的床邊。克拉拉對海蒂的床非常著迷。

「海蒂，妳的床好棒喔！從這裡可以看得見天空，又有香香的味道，甚至能聽見冷杉的聲響，我從來沒有見過這麼有趣的房間。」

爺爺轉向老夫人，開口道：

「這樣吧，暫時讓大小姐留在這裡，我想她的體力一定會變好，照顧她的事就包在我身上。」

克拉拉和海蒂高興得不得了，老夫人的表情也像是被陽光照射般頓時明朗。

「您真是太親切了。我也很希望能這樣，可一想到會給您添麻煩就難以啟齒。謝謝您，我打從心底感謝您的好意。」

老夫人緊緊握了爺爺的手好幾次。爺爺立刻著手準備，然後抱起所有的布料和毛皮，滿臉微笑的說：

「幸虧老夫人幫了我一個大忙，帶了這麼充足的裝備，就算是去冬季行軍也沒問題。」

不久，閣樓就多了另一個舒適的乾草床。

剛好此時來接人的馬車抵達，老夫人便回到巴德拉加茲溫泉區去了。

老夫人離開後，領著羊群下山的彼得也到了。羊群見到海蒂便一擁而上，連輪椅上的克拉拉也在剎那間被羊群包圍。羊群相互推擠，爭先恐後拉長鼻子打探這位新來的人。海蒂依順序將一隻隻的羊介紹給克拉拉認識。克拉拉長久以來的心願終於在這一瞬間實現了。嬌小的小雪，活潑的小花雀，爺爺細心照顧兩隻山羊，甚至是大個頭的暴徒，全都成了克拉拉的好朋友。然而在克拉拉與山羊們互相認識的同時，彼得卻絲毫不願靠近，只是狠瞪著克拉拉高興的臉龐。

「晚安，彼得！」

海蒂和克拉拉向他打招呼時，他也不發一語，只是暴躁的揮舞著鞭子。

這一天，克拉拉在山上看到許多美麗的事物。然而，在一天接近尾聲時，還有一件事情尚未實現。夜晚，克拉拉躺在床上，從牆上的圓洞，目不轉睛凝視著散發閃耀光芒的星空說道：

「海蒂，這種感覺就好像我們坐著大馬車，要爬上天空呢！」

海蒂祈禱完畢便立刻進入了夢鄉，克拉拉卻遲遲無法入睡。在今天以前，克拉拉幾乎沒看過星空，位於法蘭克福的家，早在星星散發出光芒前，厚重的窗簾就會被拉上。而現在，星星閃爍光芒的模樣，她好想一直這樣看下去。克拉拉看著看著，也自然而然闔上眼皮，到夢鄉裡去追逐星辰的光芒。

山上小屋的克拉拉

就在剛才，太陽爬上了山崖的另一頭，將金黃色光芒射向山上小屋和山谷。爺爺一如往常，不發一語、若有所思的眺望著瀰漫在群山與山谷間的輕霧緩緩上升，周圍景色在黎明昏暗中現身的模樣。

接著他回到小屋，輕手輕腳爬上梯子，克拉拉正好睡醒了，愣愣看著從圓洞射入的耀眼陽光。

「睡得好嗎？是否充分休息了呢？」

「我睡得非常好，一次也沒有醒來呢，爺爺。」

「是嗎？那就好。」

爺爺手腳俐落的幫克拉拉換上外出服。海蒂也醒過來了，看到爺爺正要抱著已經換好衣服的克拉拉下樓，她也匆忙換下睡衣。來到屋子外面，海蒂又大吃了一驚。爺爺早已完成了一件工程，他拿掉了工作間的隔間木板，讓克拉拉的輪椅可以順利進出。

早晨舒爽的風，吹拂著每個人的臉龐，每一陣風都有冷杉的香氣融合在早晨的空氣中。克拉拉將空氣吸滿整個胸膛，舒服的倚靠在輪椅上。

「海蒂，好想跟妳一起永遠住在山上小屋啊！」

「我說得沒錯吧？世界上最美好的地方，就是這山上的爺爺家。」

爺爺走了出來，端著兩個盛有羊奶的小碗，他把碗遞給兩人，並說：

「克拉拉，這是大白鵝的奶，對身體很好，快喝吧！」

沒喝過羊奶的克拉拉，把鼻子湊近碗邊，提心吊膽的聞了聞味道，轉頭一看，海蒂已津津有味的一飲而盡，便鼓起勇氣喝了一口，這才發現羊奶真的好好喝，像是加了砂糖和**肉桂**那樣香甜，她咕嚕咕嚕喝下，一滴也不剩。

「明天各給妳們兩碗吧！」

爺爺開心說道。

這時候，彼得和羊群也上山來了，海蒂立刻被羊群包圍。爺爺把彼得叫到一旁，畢竟在爭先恐後咩咩叫的羊群旁，實在沒辦法好好說話。

「聽好了，彼得。從今天起，讓大白鵝盡情去牠喜歡去的地方。牠知道哪裡長著美味的青草，你和其他羊只要跟牠走就好。或許會有點辛苦，但都是為了擠出更美味的乳汁，聽懂了嗎？」

爺爺交代的事，彼得總是百依百順。因此，雖然他眼露凶光不斷回頭，卻仍舊立刻邁開腳步。他忽然朝海蒂大叫：

「妳也一起來！我得跟著大白鵝，妳得一起來幫忙看顧其他的羊！」

肉桂（第233頁）

帶有甜味的一種香料。樟科的常綠喬木，樹皮經過乾燥後的成品，常見磨成粉狀，主要用來製作甜點。

「不行啦！我得陪著克拉拉，永遠永遠沒辦法上山去。不過，總有一天，克拉拉會跟我們一起去，爺爺說的！」

海蒂大叫道，穿過羊群飛奔去克拉拉的身邊。彼得雙手握拳，做了揍輪椅的動作，羊群全都往兩側後退。接著，彼得一鼓作氣跑了起來，爬到大家看不見他的身影的地方。他不由得打了寒顫，深怕爺爺看見了他的拳頭。

這一天，克拉拉和海蒂有很多想做的事情，但她們決定先寫信給老夫人。再怎麼說，把克拉拉留在山上老夫人還是會掛念，她交代兩人一定要每天寫信報告情況。不過，她們沒有進小屋，而是在屋外寫信。因為克拉拉問了一句：「寫信一定要進屋子才行嗎？」

風已經不像早上那麼冰涼，小羽蟲們在陽光普照的一片寂靜中，快樂的拍著翅膀發出嗡嗡的飛翔聲。高聳的山崖莊重寧靜，下方的遼闊山谷也是一樣，所有的事物都十分安詳寧靜。偶爾風會帶來牧羊人快樂的呼喊聲，以及迴盪在山崖中的些微回音。

一個早上轉眼間就過去了，爺爺端來冒著熱氣的碗，準備在外面吃午餐。

「還有陽光的時候，大小姐比較想留在屋外吧？」

爺爺說道。

下午，海蒂她們在冷杉樹下說著法蘭克福的事。兩人依偎在樹下閒聊，枝頭的小鳥彷彿也加入了談話，吱吱喳喳不停叫著。

回過神時，已經來到傍晚。羊群忽然在這時下山了，殿後的彼得一臉愁容。

「晚安，彼得！」

看到彼得不打算停下腳步，海蒂叫了他。

「晚安，彼得！」

克拉拉也溫柔的向他打招呼，彼得卻假裝沒聽見，一臉不屑的繼續趕著羊群。

克拉拉看到爺爺為了擠大白鵝的奶而走進羊舍，忽然覺得肚子好餓，連她自己也覺得驚訝。

「海蒂，好奇怪喔，過去我吃東西的時候，滿腦子只想著非吃不可、非吃不可。無論吃任何食物，吃起來都是魚肝油的味道，完全不覺得好吃。可是現在，我卻是滿心期待爺爺端羊奶來給我喝。」

「妳的心情，我非常能夠理解。」

海蒂想起在法蘭克福那段食不下嚥的日子，附和克拉拉。克拉拉比海蒂還要快喝光爺爺端來的羊奶。

「我可以再喝一碗嗎？」

克拉拉說道。看到她這副模樣，爺爺高興的點點頭，同時接下海蒂的小碗再次走進羊舍。爺爺回來時，端了兩個有大蓋子的碗，不過，那碗蓋跟一般的蓋子不太一樣。

這一天的下午，爺爺前往山谷對面的邁恩札斯，去找製作金黃色香甜奶油的**酪農**。他帶了一個漂亮的半圓

酪農
飼養牛隻為主，製作牛奶、奶油、起司等乳製品販賣維生的農家。在瑞士，相較於起司，奶油的產量低，得特別跟酪農預訂才會生產。

形物體回來，並將這個美味的奶油，在麵包上塗上厚厚一層，然後放在碗上。海蒂和克拉拉一看到馬上就被吸引住，拿起來大口品嚐。爺爺站在一旁觀賞她們的一連串反應，感到暢快無比。

就這樣，她們每天都過得非常快樂。克拉拉來到山上的第四天，發生了一件令人驚訝的事。兩名嚮導各自扛著一張床爬上山來，帶來老夫人的禮物。

嚮導帶來的信上寫著：「一張床到了冬天可以搬到山下的德爾弗利村，另一張床就放在山上小屋，好讓克拉拉隨時都可以去住。」此外，她還稱讚兩人竟然能寫出那麼長的一封信，「每天都要寫信給我喔！這麼一來，我就會有自己也住在山上，和妳們一起體會所有事物的感覺。」鼓勵著兩個女孩。乾草床撤走後，兩張厚厚的床並排在閣樓，罩在床上的雪白床單連針腳都很新。

爺爺為了克拉拉，每天都用心做了許多事。每天下午，他都爬上山崖的高處，扛回一大捆草。那是可以增強精力的**石竹**和**麝香草**，香味可以傳得很遠。傍晚下山的羊群，嗅到草的香味就咩咩大叫，拚命想擠進羊舍。但爺爺只餵大白鵝吃這種草，為的是讓牠產出更香濃的羊奶。多虧爺爺的用心，大白鵝總是活力充沛的抬高頭，雙眼就像燃燒的火焰般炯炯有神。

克拉拉來到山上已經過了兩星期。最近，爺爺每天早上都這麼問她：

「克拉拉，妳要不要試著站起來？」

克拉拉也很想回應爺爺的用心，努力試著站起來。

「好痛！好痛！」

可是她一站起來就痛得得緊緊抓住爺爺。爺爺仍將練習站立的時間，每天慢慢增加一點。

這一年的夏天實在太美好，太陽公公每天都橫越萬里無雲的天空，到了傍晚，就將紅色或玫瑰色的光芒，投射在高聳的山崖和萬年不融的積雪上，然後西沉

石竹

石竹科的多年生草本植物。高約三十公分，會群生在一起。初夏會開紅色、白色等五瓣花瓣的花朵。

進燃燒成金黃色的雲海中。在山上的牧場，不論是花，還是夕陽染紅的山崖，每一項事物都是鬼斧神功。海蒂反覆描述這一切給克拉拉聽，說著說著，她也迫不及待想去牧場，於是她下定決心向爺爺提議：

「爺爺，明天我們去牧場好不好？」

「好啊！不過有個條件，今天晚上，克拉拉必須再練習一次站立。」

爺爺說道。克拉拉也非常開心，答應爺爺再練習一次。海蒂當然也高興得不得了，一看到傍晚下山回來的彼得就大叫道：

「彼得彼得，明天我們也會去牧場喔！一整天都會待在山上。」

彼得像隻發怒的熊，用低吟取代答覆，還想鞭打什

麝香草（第238頁）

唇形科的多年生草本植物。高約一公尺，生長在山地樹蔭處。莖和葉有香味，花朵是淡紫紅色，夏季到秋季開花。

麼壞事也沒做的小花雀。好在小花雀很靈敏，立刻察覺情況不對勁，從小雪身上跳過去逃走了。彼得撲了個空，只留鞭子在空中發出咻咻聲。

克拉拉和海蒂鑽進被窩後，一想到明天就雀躍不已。她們很想一整晚不睡覺，盡情聊明天的事情，但兩人的頭一沾到蓬鬆的枕頭，說話聲就此止住了。

出乎意料的大事

山上又迎來了一天的早晨。彼得爬上山來，一路上不斷揮舞著鞭子，羊群都驚慌的遠遠躲著他。彼得整天都怒火中燒，因為今年一整個夏天，無論早上上山還是傍晚下山之際，山上小屋裡都有那個坐輪椅的外地女孩在，海蒂一整天黏著她，沒有到過牧場一次。

昨天傍晚經過山上小屋時，爺爺告知彼得他們今天要一起上山，那個外地女孩竟然也要同行。彼得狠瞪著小屋外的輪椅，憤恨不平的想著還有比這更令人生氣的事嗎？一切都是那個外地女孩的錯。就連她的輪椅，在彼得眼中也是一副傲慢瞧不起人的樣子。

彼得環顧四周沒有半個人影，爺爺正好在屋裡。彼得忘我的抓住輪椅，一股作氣用力將輪椅推下山崖。輪椅直挺挺往前滑動，下一秒就不見蹤影。

彼得轉身拔腿就跑，躲在山上的**黑莓**叢中，深怕被爺爺發現。從這裡可以清楚看見輪椅的下場，那可恨的敵人不斷彈跳，滾落到非常遙遠的下方。它翻滾了幾圈次，最後彈得好高，接著重擊在地面上摔得粉碎。

「太棒了！那女生再也沒辦法行動，最後只能沮喪的回家，到時候海蒂就能再跟我一起去牧場了。」

彼得數度哈哈大笑，胡亂的手舞足蹈。

此時的海蒂和爺爺正在小屋外準備要出門，卻怎麼也找不到輪椅，一臉詫異。

「咦？海蒂，妳把輪椅推去哪裡了嗎？」

「我也正在找。爺爺您不是說就放在大門旁邊嗎？」

黑莓

學名為喜陰懸鉤子，有尖銳的刺，薔薇科的常綠灌木。果實為黑色，可生吃，也可加工成果醬和果汁。

就在這時候，一陣風把門啪噠一聲打在牆上。

「啊啊！爺爺，是風！假如風把輪椅吹到德爾弗利村，得花很久的時間才能拿回來，我們就沒辦法去山上了。」

「假如輪椅滾下山，可能早已摔成碎片。不過應該不可能啊。」

爺爺盯著山谷說。

「先別管輪椅了，今天還是先去山上吧！彼得怎麼還沒來呢？算了，羊兒會自己跟上來。」

女孩們開心得不得了。爺爺抱起克拉拉，海蒂則是雙手摟著大白鵝和小熊的脖子，跟在爺爺的後面。羊兒非常高興能和海蒂一起上山，爭先恐後的要靠近她，海蒂簡直就要被壓扁了。

抵達牧場後，斜面上到處都有山羊聚在一起，乖巧的吃著草。彼得則是伸長腳躺在羊群中。

「下次要是敢再爽約，我就給你好看！」

爺爺怒罵道。

「誰叫我上山的時候，你們都還沒起床嘛！」

彼得反駁。

「你看到我們家門口的椅子了嗎？」

「椅子？什麼椅子？」

彼得倔強的大聲回答。爺爺沒有繼續追問，反倒是專心把布鋪在陽光普照的草地上，讓克拉拉坐上去。

「哇！坐起來跟輪椅一樣舒服，而且還是特等席，真是太美了。海蒂，這裡真的好漂亮！」

克拉拉不停眺望四周，爺爺說他傍晚會再來這裡，就先回家了。現在他最掛心的就是那張輪椅的去向。

天空一片蔚藍，沒有一絲雲朵；對面山間流淌的大雪溪閃閃發亮，有如鑲滿幾千幾萬顆寶石從天而降於此的金色、銀色星辰；幾千萬年前就一直聳立在同一處，讓人仰之彌高的灰色岩山，莊嚴的俯瞰著山谷；老鷹展開雙翼，山風吹拂過灑滿陽光的這座牧場。

海蒂與克拉拉兩人的心情美好得無法言喻。小羊們有時會靠近她們的身邊，最常來撒嬌的就屬小雪了。羊兒也和克拉拉混得很熟，用鼻頭磨蹭她，好像是在說牠們很喜歡克拉拉。

幾小時過去了。海蒂很想去上面的**花圃**看看，不知道花兒是否像去年那樣盛開？一想到這裡，她就坐立不安，畏畏縮縮的開口：

「克拉拉，如果我暫時把妳一個人留在這裡，妳會生氣嗎？我想去看花。啊，對了！」

海蒂忽然想到一個好主意，把吃著美味青草的小雪牽了過來。

花圃

夏天一到，各種高山植物會一起綻放五彩繽紛的花朵。阿爾卑斯山海拔兩千至三千公尺左右的地方較常見到一整片的花圃。

「這樣子妳就不孤單了！」

她把小雪輕推到克拉拉的身旁，小雪也很聽話，直接趴了下來。

「沒關係，妳去吧！」

克拉拉這樣回答，海蒂立刻飛奔而去。

克拉拉餵小雪吃著一片又一片的葉子，小雪也很安心乖巧的吃下她親手遞的葉子。看到小羊抬頭望著自己，眼神彷彿在說：「妳是我唯一的依靠。」克拉拉的心中油然生起了一個願望。

這一刻，克拉拉強烈希望自己不要老是受到別人的幫助，也要能夠幫助他人才行。活在這明朗的陽光下，想讓人開心，這種至今從未體會過的喜悅在克拉拉的心中萌芽，映在她眼中的所有事物，都變得更美麗了，看起來就像是截然不同。克拉拉實在太高興了，摟著小雪的頭說：

「啊啊，小雪！山上實在太美好了！好想和你一起永遠留在這裡！」

這時候，海蒂氣喘吁吁的跑了回來。

「克拉拉妳也來吧！花好美，我背妳去！」

「不行，不可以！妳比我還小這麼多，唉唉，要是我會走路就好了。」

海蒂似乎又想到了什麼好主意，環視了四周。她看見彼得站在對面的高處，一臉不理解的表情注視著她們。

「彼得，你下來嘛。」

「我才不要！」

「你來一下嘛，我一個人沒辦法，你來幫我，快一點。」

「我才不要！」

「彼得，如果你不馬上過來，你知道會有什麼後果嗎？」

聽到海蒂這番話，彼得暗自緊張了一下，因為海蒂的口氣聽起來像是她已經知道了那件事。海蒂會把她知道的所有事情都告訴爺爺，彼得最怕的就是爺爺，要是爺爺知道了那件事……一想到這裡，彼得的胸口就像被揪住般疼痛，於是他馬上站起來，走到等候多時的海蒂身邊。

「我來了，妳饒了我吧。」
看到彼得提心吊膽的模樣，海蒂感到心有不忍。
「我不會對你做什麼啦。好了，彼得你就幫我一起吧！」
他們打算從兩側撐起克拉拉，讓她站起來。可是海蒂個頭很小，彼得又像木棒似的呆呆站著，克拉拉的體重也不輕，二人都相當艱辛。海蒂開口道：
「克拉拉，把手繞在我的脖子上，好好抓緊，就是這樣。用另外一隻手抓住彼得的手臂，把身體靠在他身上。彼得你真是的，這樣不行啦，手要更彎，還要穿過克拉拉的手臂才行。絕對不可以鬆手喔！這樣子我們就能往前走了。」
所有人都按照海蒂的話做，卻無法前進。支撐克拉拉體重的兩頭馬兒，身材實在差太多了，一個太矮，另一個又太高，稱不上是堅固的拐杖。
克拉拉伸出一腳又縮回來，這次換另一腳，稍微伸出去又縮了回來。
「好，用力踩！」
海蒂叫道。

「可是我就是辦不到呀，海蒂。」

克拉拉軟弱的回應。不過，她還是照海蒂的話去做，用力踩穩一邊的腳，接著再踩穩另一腳，然後再一步、又一步，克拉拉終於會走路了。

「我會走了，海蒂。我會走路了！妳看！右、左、右、左，妳看妳看！」

「哇啊！克拉拉，妳真的會走路了，妳學會走路了！啊，好希望爺爺快點來。」

克拉拉抓兩人抓得很緊，但三人都能感受到她每踏出一步，新的一步就更強而有力。海蒂得意洋洋，高興得不得了，克拉拉當然也非常開心。

花圃不算遠，風鈴草的藍色花朵，黃色的野薔薇，白色的當藥和夏枯草爭奇鬥艷，散發出大量的香甜氣味。克拉拉來到花海中席地而坐，她第一次直接坐在山上乾爽溫暖的地面，感覺非常舒服。

所有的一切都美不勝收，真的美極了。海蒂真的高興得好想大叫，克拉拉的病痊癒了。而克拉拉不發一語，只是陶醉在這份大得令人幾乎無法承受的幸福中。她被太陽的光輝和花香籠罩，只能沉默不語。

午餐時間早就過了，三人吃起遲來的午餐。克拉拉和海蒂分了許多食物給彼得。剛才海蒂對彼得說的「後果」，指的就是不把便當分給他，是彼得自己誤會了。他默默吃光了在眼前堆成一座小山的美食，卻不像往常那樣由衷的開心，反而是感到胃很脹，得花費好大一番工夫才能嚥下每一口。

不久後，爺爺來了。海蒂飛奔到他身邊，想告訴他這個好消息，只是她興奮過頭，無法好好敘述，不過爺爺仍然馬上理解她在說什麼，趕緊走到克拉拉身邊，滿臉微笑的說：

「太好了，克拉拉。我們終於成功了！」

他讓克拉拉站起來，穩穩的撐住她。背後有了穩固的支撐，克拉拉走得比剛才更穩，也更有勇氣邁開腳步。海蒂在周圍跳來跳去，爺爺則是一副自己才是得到莫大幸福的模樣。過了一會兒，爺爺抱起克拉拉。

「練習過頭也不好。好了，我們回去吧！」

爺爺覺得得讓克拉拉休息才行。

當天傍晚，彼得回到德爾弗利村時，看到一群人聚在一起，心想不知道發生了什麼事？便推開人群鑽進去看個究竟。

仔細一瞧，原來是輪椅的一部分躺在草地上，還垂著椅背，從紅色座墊和晶亮的釘子來判斷，就知道這張椅子有多高級。

站在彼得身邊的麵包店老闆開口道：

「我親眼看到這張椅子被抬上山去，保守估計啊，至少要五百法郎，我甚至可以跟大家打賭，這椅子的價格絕對不只如此。不過它怎會變成這樣？」

「聽山上老伯說是被風吹跑的。」

有名婦女接話。麵包店老闆又開口了：

「幸好是風搞的鬼。真是的，如果是有人幹的好事，法蘭克福來的人肯定會馬上報警，山上的所有人都有嫌疑。好在我這兩年都沒上山，沒什麼好擔心的。」

人們你一言我一句，彼得就快承受不住了。他偷偷溜出人群，頭也不回衝山上，彷彿後面有追兵在追趕他似的。

麵包店老闆的話讓彼得打從心底感到恐懼。警察隨時都可能出現。若是彼得做的好事被查到了，肯定會被逮捕，然後關到法蘭克福的監獄裡。想到這兒，彼得不寒而慄，驚慌的逃了回家，一句話也不說，晚餐的馬鈴薯連碰也沒碰，只是鑽進被窩裡痛苦呻吟。

「彼得那孩子真是的，又在外面吃了**虎杖**，才會痛得嗚嗚叫。」

布麗姬特這麼說。

「因為妳不肯讓他多帶一點麵包呀！明天把我的份給他帶去吧，我吃少一點沒關係。」

奶奶心疼的說道。

而在山上，克拉拉和海蒂跪在能夠看見星星的床邊祈禱，感謝上帝今天賜給她們幸福。

虎杖

蓼科的多年生草本植物，別名「酸模」。高約八十公分，生長在草原或田埂。嫩芽可生吃，但有酸味，攝取過量對身體有害。

隔天早上，爺爺對她們說：

「妳們要不要寫信給老夫人，告訴她發生了什麼事，請她到山上來親眼看看，怎麼樣？」

不過，克拉拉和海蒂卻有不同的想法。她們打算先瞞著老夫人，不告訴她克拉拉已經會走路了，等克拉拉多加練習，能走得更遠後再給她驚喜。因此，信上只寫著請她一星期後到山上來一趟。

後來的這幾天，是克拉拉在山上最幸福的一段日子。每天早上醒來時，克拉拉的心中都響著高亢的喜悅之音。

「我沒有生病，我很健康，已經不需要輪椅了！我可以像大家一樣，靠自己的雙腳行走。」

於是，克拉拉每天都勤於練習，每過一天，她的步伐就更穩，走得也更久。也因為活動身體的緣故，克拉拉好容易就餓了，爺爺每天都把奶油麵包切得比前一天更厚，看到麵包消失在她口中，他也非常高興。現在，爺爺還得準備盛滿羊奶的大水壺，克拉拉也會多喝好幾碗。

一星期過去了，老夫人來山上的日子眼看就要來臨。

珍重再見

　　這一天早上，彼得前往山上牧場時，帶來了一封信。那是老夫人前一天寄來的信，上面寫著她會在今天抵達。彼得提心吊膽的走近，一把信交給爺爺，隨即像受到威脅似的往後跳開，就這樣沿著山路往上跑。

　　海蒂目送舉止怪異的彼得，一臉詫異的問爺爺：

「彼得最近是不是怪怪的呢？有時候縮著脖子，有時候東張西望，有時又突然跳起來。爺爺，您覺得是為什麼啊？」

「大概以為後面有人拿鞭子要打他吧？」

　　爺爺答道。

　　為了迎接老夫人，讓她在這裡可以住得舒適，小屋也收拾得差不多了。克拉拉和海蒂坐在屋外的長椅上引頸期望。

終於，老夫人騎著白馬現身了。身後還跟著扛著背架的男子，背架上堆了好高好高的行李。老夫人見到克拉拉與海蒂，還等不及從馬背上下來，就先開口了：

「咦？哇！克拉拉，這是怎麼回事？妳為什麼沒有坐在輪椅上？這真的是我的克拉拉嗎？雙頰又圓又紅，我還以為認錯人了呢！」

海蒂突然站起來，克拉拉把手搭在她的肩上，兩人面不改色的走了一圈。老夫人驚訝得說不出話來。克拉拉和海蒂並肩站在一起，千真萬確的靠自己的雙腳走路，兩人紅著雙頰走向老夫人。

老夫人朝女孩們跑了過去。她不知道該哭還是該笑，先是抱緊克拉拉，接著抱緊海蒂，然後再次抱緊了克拉拉，開心得說不出半句話。老夫人忽然察覺到爺爺站在長椅旁，滿臉笑容望著他們三人，便摟著克拉拉走過去。

「老先生，真不知道該如何表達我的感激，多虧您的體貼照料。」

「還有上帝賜予的陽光和空氣。」

爺爺笑道。

「是呀！還有大白鵝的好喝羊奶。」

克拉拉興奮的說道。

「沒錯、沒錯。克拉拉，妳的臉頰寫得很清楚。不是在我做夢吧？對了，馬上發**電報**給人在巴黎的爸爸，要他馬上過來吧！不過，這件事要先瞞著他。」

和老夫人一起上山的人們回去後，爺爺將手指放入口中用力吹了口哨，響亮到山崖發出回音。不一會兒，彼得就跑下山來。他一臉慘白，誤以為爺爺終於要把自己交給警察。但事實並非如此，爺爺交給彼得一封信，交代他跑一趟去村裡的郵局，彼得才鬆了一口氣。

剩下的人圍在屋外的桌子，把這件事的來龍去脈從頭到尾說給老夫人聽。解釋這件事花了很長的時間，老

電報

利用電將訊息快速傳給遠方的人，是在電話普及之前非常盛行的通訊方法。靠電報局或郵局將寄件人的短文，轉換成符號後傳送到最接近收件地的電報局或郵局，把符號轉再次換成文章，送給收件人。

夫人不斷搭腔，時而驚訝，時而稱讚，還不停道謝。她反覆說著同樣的話：

「哇啊！想不到會發生這種事。這不是夢，眼前這個雙頰豐潤的女孩，竟然就是那個臉色蒼白又虛弱的克拉拉！」

克拉拉和海蒂覺得瞞老夫人瞞得很值得，兩人都得合不攏嘴。

同一時刻，史聖明先生也正獨自沿著通往山上的路往上爬。原來史聖明先生處理完巴黎的工作，想給克拉拉一行人一個驚喜，於是毫無預告的跑上山來。上山的路他聽過也在信上讀過無數次，但前人的腳印往四面八方分散，讓他有些擔心自己是否朝對的方向前進。他停下腳步，讓山風吹涼發燙的額頭，彼得正巧在這時候下山來。史聖明先生招手叫住他，彼得戰戰兢兢的走近。

「請問一下，要去山上老先生和一個名叫海蒂的女孩住的地方，走這條路對嗎？先前應該也有一批法蘭克福來的人去到他們家。」

「唔！」

彼得恐懼的叫了一聲，便不顧一切往前衝，在陡峭的草原上翻了好幾次跟斗並往下滾落，簡直就像那張輪椅一樣，幸運的是他沒有跌成碎片。不過，原本在他手中的電報不知道飛到哪裡去了。

「山上的人很怕生嗎？真傷腦筋。」

史聖明先生自言自語道。腦子裡只想著山上的孩子不常見到人，遇到陌生人才會嚇成那樣。

他繼續往前走，看見遠方山上有棟小屋，還有高低起伏的黑色冷杉樹梢，認為應該就是那裡了吧。等一下孩子們肯定會大吃一驚，一想到這裡，史聖明先生就興奮的快步爬上最後的一段坡道。只不過，山上的人們早已發現了他的身影，受驚的反而是史聖明先生。

眼看努力再爬一小段就會抵達小屋時，有兩個人走近他。一個是身高較高，雙頰染上玫瑰色的金髮女孩，另一人就是海蒂。淚水從史聖明先生凝視她們的雙眼奪眶而出。這是夢？還是現實？他分辨不清，朝克拉拉跑過去，緊緊擁抱住她。

「爸爸，您不認得我了嗎？我變了這麼多嗎？」

「是啊、是啊！妳變了，我簡直不敢相信！真的是妳嗎？妳真的是克拉拉嗎？」

老夫人也來到他們身邊。

「我說你啊，是不是打算給我們驚喜，卻被反將了一軍啊？好了好了，你得向老先生道謝，他是我們的救命恩人。」

「沒錯，妳說得對。不過，我也必須向小海蒂說謝謝。」

史聖明先生和海蒂握手說道。

「海蒂，妳氣色真好，不用問我也看得出來，妳恢復健康了，連阿爾卑斯山的玫瑰花也比不上妳，我真的好高興。」

海蒂由衷感到開心，抬頭望著溫柔的史聖明先生。一想到這個總是善待自己的人，來到山上並沉浸於莫大的幸福裡，海蒂就高興得心跳加速。

老夫人陪著史聖明先生來到爺爺面前，兩人真心誠意互握住雙手。史聖明先生用他能想到的所有字彙，向爺爺表達他的感謝與驚訝。

老夫人留下他們，獨自走到小屋後面的冷杉旁。樹下放著一把藍色的龍膽花束，這是爺爺想讓老夫人高興，趁早上摘來綁好的花束，但老夫人並不知情。

這時候，冷杉後面發出窸窸窣窣的聲音，是彼得。弄丟字條的彼得後來躲去了德爾弗利村，但他心生恐懼，又回到山上羊群的身邊。然而他實在太不安了，才會跑來爺爺的小屋暗中觀察情況。

老夫人發現了彼得，誤以為龍膽花束就是他送的禮物，卻因害羞而企圖逃走，於是她叫住了他。

「你過來，不需要偷偷摸摸的。」

彼得嚇了一跳，像被鬼抓住似的僵在原地，無力抵抗。想到自己這下子完蛋了，彼得不但頭髮豎了起來，還面如土色，臉上表情也因無窮的恐懼而扭曲，不得不從冷杉樹蔭下走了出去。

「我問你，那是你做的嗎？」

彼得垂著頭，完全不敢看老夫人手指向的地方，他所看的是爺爺定睛望著他們的那雙眼眸，以及他身旁來自法蘭克福的警察，彼得嚇得全身發抖。

「是的。」

他答道。

「那個，那個，壞掉了，已經沒辦法了。」

彼得怕得雙腿發軟，幾乎要站不住。老夫人回到小屋問：

「那孩子好可憐，是不是身體不太舒服？」

「不是不是，他沒有生病。先前說輪椅被風吹跑，其實是那孩子幹的好事，他以為自己要受到懲罰了。」

聽完爺爺的解釋，老夫人愉快的笑了。

「這樣不好，老先生，還是別懲罰那孩子了，我們應該有同理心，畢竟陌生人來到這裡，從他身邊奪走寶貝海蒂好幾個星期嘛！看著克拉拉她們在一起，那孩子只能羨慕，日復一日，氣憤之餘才會做出報復的行為。雖然很傻，但無論是誰，生氣時都會犯下蠢事呀！」

接著，老夫人回到仍舊抖個不停的彼得身邊，坐在冷杉樹下的長椅上，溫柔對他說：

「來，過來我面前，不要那麼害怕。你聽好，你做了壞事，你自己很明白，也知道應該受到懲罰。你害怕懲罰，擔心事情曝光，甚至煩惱到吃不下飯。

可是啊，上帝早就看穿了。越想隱瞞壞事，上帝派遣到我們心中的心靈守衛就會甦醒，他手上的刺會不停刺我們的心。『完蛋了，要被揪出來受罰了。』守衛會像這樣刺我們，使我們一直坐立不安、提心吊膽。你也是這樣子對不對？彼得。」

彼得點點頭，的確是這樣沒錯。

「不過啊，彼得，你的計策失算了。原本想讓克拉拉得到教訓，才做出那種事，卻反而幫助克拉拉學會走路，這就是上帝的旨意。對於遭遇不幸的人，上帝會把他們的不幸轉換為幸福，而使別人不幸的人，祂會讓不幸回到那個人身上，讓他獨自承受痛苦，你明白了嗎？」

「我明白了。」

彼得嘴上這麼說，但眼看警察都來了，不知自己會有什麼下場，沮喪的幾乎就快站不住了。

「好了，這件事到此為止吧！為了讓彼得永遠記住我們，同時也做為大家已經忘記你做過壞事的象徵，就讓我送你一樣東西吧。你喜歡什麼？最想要什麼？你說說看。」

彼得驚訝的抬起頭，瞪大雙眼注視著老夫人。他一頭霧水，搞不清楚怎麼一回事。後來他終於理解，才放下心中的大石頭。他趕緊對老夫人說，他已經明白做了壞事，就要馬上認錯，對自己才是最好的。

「還有，我弄丟了那張紙。」

「乖孩子，闖禍了就要像這樣馬上說出來。好了，沒事。告訴我你想要什麼？」

可以要求任何東西，這讓彼得頭暈目眩，眼前立刻清楚浮現邁恩費爾德那個商品琳瑯滿目的**年貨市集**。彼得所有的財產，從來沒有超過五芬尼，而他想要的東西全都比五芬尼貴上兩倍以上。呼喚山羊的紅色**號角**，方便用來製作鞭子的鋒利小刀，他實在難以決定到底要哪一個。

「請給我十芬尼。」

最後他乾脆這樣回答。老夫人不由得露出微笑，從錢包掏出一枚**大銀幣**，以及兩枚十芬尼的小銅幣。

「這個願望不算奢求。你聽好了，這裡有一年的週數乘以十芬尼的錢。每個星期天都有十芬尼，你可以一直用下去。」

「一直？直到我死嗎？」

老夫人大笑。

「就這麼辦吧！我會把這件事寫在我的**遺書**上。」

大家在小屋前開心用過午餐後，仍然一個話題換過一個話題聊個不停。史聖明先生握住爺爺的手，誠心誠意的說：

年貨市集（第267頁）

過去在山上的交通不便，商人會在每年秋季收割結束後舉辦，聚集在村子廣場舉辦的市集，村民們會大量購買生活必需品，為漫長冬天做準備。

號角（第267頁）

山羊或牛等動物的角製成，可吹響它以用來發號到遠方。主要用於畜牧、狩獵時，又名角笛。

「長久以來，我不了解什麼是真正的幸福。我很富有，但再多錢也幫不了我可憐的克拉拉，所以財富對我來說毫無意義。可是現在，讓克拉拉變得這麼健康，開拓了我人生全新道路的，就是上帝和您。這個天大的恩惠，我很清楚自己無以回報。但是無論如何我都想表達我的感激，請您務必說出您的願望，任何事我都答應。」

爺爺起先安靜的聽，最後面露微笑說道：

「克拉拉來到山上，而且比以前健康，對我已經是很棒的回報。史聖明先生，你的好意我很感謝，可是只要我活著一天，我什麼也不要。我和海蒂過得很好，衣食不缺。唯有一個願望，假如你肯答應，那我這輩子就沒有後顧之憂了。」

大銀幣
指的是五馬克銀幣，相當於五百芬尼。一九九九年導入歐元後，直到二〇〇二年從市場回收馬克前，仍是流通的貨幣。在回收之前，德國使用的八種硬幣中，這是價值和直徑最大的硬幣。

遺書
於生前所寫下的文件，記載自己死後該如何處理財產。寫法和細節依各國法律制定。

「請您不要客氣。」

「我年紀大了，來日不多，我死了之後，海蒂就會無依無靠。我走了之後，可否請你照顧她，讓她免於流落街頭？」

「這點小事用不著您說啊，海蒂已經是我們的家人，我答應您，我會保障她將來的生活。另外，我的一位朋友非常喜歡海蒂，前陣子剛結束法蘭克福的工作，打算到這裡隱居。那位朋友就是克拉森醫生，他希望您可以幫忙他找一間合適的房子，他希望今年秋天就搬來這裡。這麼一來，海蒂就有兩個可以投靠的對象。為了海蒂，我希望兩位務必要長生不老啊！」

「希望如此。」

老夫人也握緊爺爺的手說道，接著，她將海蒂摟入懷中，問她：

「也不能忘了聽海蒂的願望，妳想要什麼？說說看。」

「我當然也有想要的東西！」

海蒂高興的抬頭看著老夫人。

「我想要我在法蘭克福睡的那張床。有了那張床，彼得的奶奶就不會因為躺下時頭部比較低，而呼吸困難；那床毯子也很暖，睡覺時也不需要多蓋一條披肩，畢竟山上的冬天實在太冷了。」

「哇！海蒂，妳的要求讓我太意外了。這個主意很棒，上帝對我們好，我們也必須想到其他有困難的人需要幫助。我馬上發電報叫人把床送過來。」

海蒂高興得在老夫人身邊跳來跳去，卻又忽然停下來。

「我馬上去通知奶奶。」

「不行，家裡有客人，妳現在外出不禮貌。」

爺爺告誡她。這時候，老夫人幫了海蒂一把。

「老先生，海蒂為了招待我們，很久沒和彼得的奶奶見面，不如我們大家一起去探望她吧，我就在那裡等馬匹上山。」

「請等一下，先聽我說幾句話。」

史聖明先生這麼說。

「坦白說，我本來打算和克拉拉還有家母，三個人來個瑞士小旅行，順便測試克拉拉能不能承受短程旅行。現在我想克拉拉應該是沒問題的，趁夏季尾聲天氣還不錯的時候走一趟。明天早上，我會來接克拉拉，我們會先到巴德拉加茲溫泉區住幾天，再從那裡出發去旅行。」

突然聽到要離開這裡，克拉拉有些不知所措，不過這趟小旅行聽起來也很有趣。

就這樣，大家一起出發了，克拉拉由爺爺抱下山。一路上老夫人聽海蒂敘述彼得奶奶的生活情況，尤其是聽到嚴冬時的生活，內心相當震撼。

此時布麗姬特伯母正好在屋外曬衣服，看到一群人沿著山路走下來，立刻衝進屋裡。

「他們要離開了！奶奶，山上老伯抱著那個生病的女孩。」

「啊啊，這一天終於來了！」

奶奶深深嘆了一口氣。就在這時候，大門敞開，海蒂跳了進來。

「奶奶，我的床會從法蘭克福運過來！還有三個枕頭和厚毯子，都會在後天抵達，是老夫人說的！」

「哇啊！這樣的大好人要帶妳走，我應該替妳感到高興才是。」

奶奶微笑道，但神情有些悲傷。這時候，響起了一個溫柔的說話聲，還多了另一雙誠摯的手握住奶奶的手。

「誰說要把海蒂帶走？海蒂會永遠陪在您身邊，我們會每年來這裡探望海蒂。」

說話的是老夫人。彼得奶奶內心的喜悅，頓時表現在臉上；她說不出話來，只是不斷回握老夫人的手，兩行豆大的淚珠，沿著臉頰滑落。

「奶奶，一切會像我之前念給您聽過的那首詩歌一樣，越變越好對不對？」

海蒂說道。

「海蒂妳說得對。不過，上帝的恩惠不只如此，像我這種既貧窮又沒用的老傢伙，竟然有這麼多人願意關心我、同情我，上帝讓我這麼幸福，是要告訴我們，即使是微不足道的人，祂也絕對不會見死不救。」

「在上帝眼中，所有人都是可悲的。遭到上帝遺棄，任何人都活不下去。我們得離開了，不過明年夏天我們會再來，也一定會來拜訪您。大家都掛念著您，絕對不會忘記您。」

老夫人說道，然後一行人這才依依不捨的離開。

隔天早上，準備要啟程時克拉拉忍不住熱淚盈眶。她很感動這次來到山上，她體會到活著的喜悅。海蒂安慰她道：

「夏天一眨眼就會到了，到時候妳要再來山上喔。下次來一定會更快樂，因為妳已經會走路了，我們可以每天和山羊一起去牧場、去花圃，有好多好多快樂的事等著妳。」

史聖明先生來接克拉拉，和爺爺在另一頭閒聊。克拉拉淚汪汪的說：

「替我向彼得和羊群問好，也不能忘了大白鵝。啊啊，我好想謝謝大白鵝，多虧牠，我才能變得這麼健康。」

「這簡單，妳就寄鹽過來吧，大白鵝最喜歡每天晚上爺爺餵牠吃的鹽。」

「好，那我就寄鹽。我會寄**一百磅**過來。這麼做，大白鵝應該會記得我。」

出發的時刻終於來到，克拉拉坐上白馬。

海蒂坐在山崖的最邊邊，朝克拉拉不停揮手。直到馬匹和馬背上的人變成一個小小的點，最後消失為止，她拚命揮手，一直一直沒有停下。

過了不久，床送到了。奶奶每天晚上都睡得很熟，也變得體力充沛。老夫人沒有忘記山上的嚴冬，寄了很多暖和的冬季衣物到彼得家，奶奶今後再也不需要縮在房間角落發抖。

德爾弗利村裡有項大規模的工程開始進行了。克拉森醫生買下那間快要崩塌的房子，打算修繕後自住，也

一百磅
德國的舊制重量單位，一磅約五百公克。一百磅約為五十公斤。

在房子裡替爺爺和海蒂另外打造了一個屬於他們的冬季住處，連羊兒也有溫暖舒適的小房間。因為他知道爺爺不擅長配合別人的步調，這是他的精心安排。

隨著日子過去，克拉森醫生和爺爺的感情越來越好。只要兩人一起到工地，話題大多繞著海蒂打轉。他們正在打造一個家，要和那個令人喜愛的孩子共同生活，沒有其他事比這件事更令他們開心。

前些時候，克拉森醫生對爺爺說：

「我認為我可以算是繼您之後，和海蒂第二親的人，從您那裡，我分到一半疼愛她的喜悅。但是我也希望不只是喜悅，也想請您將守護她成長的義務分一半給我，等我年紀大了，我也希望她陪在我身邊，這是我懇切的願望。我會讓她跟我的親生孩子一樣，給予她繼承遺產的權利。這麼一來，就算你我先走一步，我們也能放心前往另一個世界。」

爺爺緊握住克拉森醫生的手，久久不放。爺爺什麼也沒說，但醫生看爺爺的雙眼，就知道自己這番話深深打動了他的心，無比的喜悅盡在不言中。

當兩人聊著這些話時，海蒂和彼得則是坐在奶奶身旁。海蒂有許多話想說，今年夏天有數不清的驚喜，卻很少和奶奶一起度過。

海蒂說得非常投入，彼得一如往常靜靜聆聽，兩人將身子越來越挨近沉浸在幸福中的奶奶。大家都很幸福，不過最高興的莫過於布麗姬特伯母，當她聽到海蒂說，彼得真的可以每星期得到十芬尼，她恐怕是所有人當中最開心的。

最後，奶奶說了：

「海蒂，念一首讚揚上帝的詩歌給我聽吧！我所能做的，就是向上帝表達我的感激。」

（完）

我最喜愛的《阿爾卑斯山的少女》

《阿爾卑斯山的少女》是我小時候最喜歡的一本書。

最初是父親從東京中野火車站附近的舊書店，為我買來了《講談社少年少女世界文學全集》共五十卷。我至今記得那天五十本舊書散發出來的霉味，那時還是小學生的我不懂父親為何偏偏要買一套舊書，長大以後才明白：當年家境並不好，買不起新書，只買得起舊書。再說，父親知道我特別喜歡看書。

父親把整套五十本精裝書放在小汽車後座載回家，然後又一堆一堆地運進家裡。我給了他笑臉嗎？還是嫌棄著霉味，在他面前皺了眉頭呢？

雖然我很喜歡閱讀，但並不是每本書都一樣吸引著我。《講談社少年少女世界文學全集》收錄的都是世界名作，擔任翻譯的是一位又一位名家。儘管如此，在全部五十卷中，我後來從頭到尾看了一遍的，其實不到一半。正如認識新朋友一樣，人和書之間都需要一種緣分或者英語所說的「化學成分」，才能培養出既有深度又能持續的關係。

我跟第二十四卷的《阿爾卑斯山的少女》之間，就是有那樣的緣分。多年後，我離開父母家，留學去中國大陸，又搬去加拿大、香港等地生活、工作之際，行李箱裡放的幾本書中，一定有暗紅色封面的那一本。我身在不同的地方重複閱讀，到底看過多少次，早就數不清了。

海蒂是我最好的朋友嗎？不不不，海蒂根本就是我自己呢。這話又怎麼說？

在我成長的過程中，我總覺得很寂寞。幸虧在書本裡，我找到了跟我一樣寂寞的孩子們。例如，加拿大的紅髮安妮、英國的小公主、以及阿爾卑斯山上的海蒂。她們都是孤女，沒有母親，所以人格裡缺乏著別人都有的一點什麼。然而，從不同的角度來看，那一點「不足」也給她們帶來與眾不同的魅力，正如有人說：缺陷就是才能。

在那些孤女們中，海蒂的處境最叫我羨慕，因為她雖然沒有父母，也被阿姨放棄，可是有願意收養她的爺爺，以及牧童彼得、富家女克拉拉等好朋友。再說，在山上的爺爺家，海蒂吃得到經加熱融化的大塊起司！在我小時候的日本，起司只有工廠大量生產，看起來像肥皂，而且是小塊的那種。海蒂的爺爺親手用羊乳做的起司，一大塊刺在鐵串上，直接放入壁爐中烤一烤，融化以後塗在麵包上吃，該是非常美味吧！海蒂後來去到大城市法蘭克福的有錢人家住，吃到各種高級食品，可是味道總不如爺爺在山上給她吃的手工起司、麵包、新鮮羊乳。

在《阿爾卑斯山的少女》中，本來叫人羨慕的城市富人，後來都開始喜歡在阿爾卑斯山上過日子。也就是說，不到十歲的小女孩海蒂，使好幾個大人改變價值觀。海蒂到底做了什麼？她只是真心喜歡跟爺爺一起在阿爾卑斯山上過的日子，其中包括自然環境，也包括樸素簡單的生活方式。再說，海蒂對任何人都沒有先入為主的偏見，她對貧困的彼得奶奶和對富貴的克拉拉家老夫人都一樣真心喜歡，正如她對羊和對人，都一樣正直熱情。

我長大後在海外漂流十多年，也許在下意識的尋找通往阿爾卑斯山上的路也說不定。學習外語、旅行海外，終於在歐洲吃到經加熱融化的瑞士起司時，我心中的成就感恐怕是愛閱讀的人才能體會的心境吧。這時候，食品不僅是食品，記憶不僅是記憶，而且整個人生經驗都融化為一本書了。寫著這篇短文，我回想起五十本舊書散發的霉味來，然後忽而想通了：辛辛苦苦把那些書買回家，不外是父親愛我所致的。我怎麼當時以及後來很多年都沒有明白？以後我去天上見到已故父親時，一定要感謝他，給了我這一個有書可讀的人生了。

【作者簡介】

新井一二三

日籍中文作家。大學期間以公費到中國大陸留學兩年，期間遊走雲南、東北、蒙古、海南島等各地，回到日本擔任《朝日新聞》記者，後移民加拿大，在約克大學、懷爾遜理工學院修習政治學與新聞學，並開始用英文寫作。一九九四年到香港，任職《亞洲週刊》中文特派員，同時在《星島日報》、《蘋果日報》、《明報》，台灣《中國時報》、《聯合報》，《自由時報》等發表專欄，著有《櫻花預言：孤獨的青春日記》等多部散文及小說作品。目前任教日本明治大學。

這套世界文學包含了多元的文化與各地不同的風景與習俗，當你徜徉在《阿爾卑斯山的少女》故事情節中時，是否也運用了你敏銳的觀察力，發現哪些是與自己的生活很不一樣的地方呢？以下幾個問題將幫助你試著發表自己的心得或感想。現在就讓我們穿越文字的任意門，一起開始這趟充滿勇氣、信心與感動的旅程吧！

問題1　這本書裡出現了形形色色的主角：面冷心熱的爺爺、天真卻倔強的海蒂、善良柔弱的克拉拉……你最喜歡誰呢？為什麼？

問題2　阿爾卑斯山是著名的大自然景點，讓海蒂即使離家也念念不忘。你的家鄉是否也有讓你喜歡的景色？試著跟大家介紹與分享。

問題3 爺爺一開始為什麼不讓海蒂去上學？你贊成嗎？有沒有更好的辦法？

問題4 黛特阿姨一下把海蒂送去山上，一下又送到都市去，你覺得她對海蒂的安排是真心為她好嗎？為什麼？試著說說你的理由？

問題5 彼得生氣時會欺負羊兒，海蒂拚命壓抑想家的心情，最後得了夢遊症……其實適當的情緒反應，可以幫助我們舒緩壓力，如果是你是他們，有沒有更好的方法來釋放壓力呢？

日文版譯寫者

池田香代子

一九四八年生於東京，自東京都立大學人文學部德國文學系畢業後，留學德國愛爾朗根大學，為日本活躍的德國文學家、翻譯家、散文家及社會運動者。譯有《全譯經典 格林童話》、《夜與霧》等。

中文版譯者

游若琪

遊走於日文與圖畫之間的專職譯者，翻譯兒童文學是多年來的夢想。自從小時候看過《阿爾卑斯山的少女》的動畫，對於烤起司吐司、用木碗盛裝奶油濃湯有莫名的憧憬。譯有《魯賓遜漂流記》、《從來沒有人懂我，可是每個人都喜歡我：愛因斯坦 101 則人生相談語錄》等，以及漫畫與輕小說多種。

封面繪圖：Lynette Lin
封面設計：倪龐德
彩頁、地圖與註解小圖繪製：小威
註解照片：wikimedia

國家圖書館出版品預行編目（CIP）資料

阿爾卑斯山的少女／喬安娜．史畢利（Johanna Spyri）作；游若琪譯．-- 初版．-- 新北市：木馬文化出版：遠足文化發行，民 108.05
面；　公分
譯自：アルプスの少女
ISBN 978-986-359-667-7（平裝）

882.559　　108005204

阿爾卑斯山的少女
アルプスの少女

原著作者：喬安娜．史畢利（Johanna Spyri）
＊日文版由池田香代子譯寫
譯　　者：游若琪

社　　長：陳蕙慧
副總編輯：戴偉傑
責任編輯：王淑儀

讀書共和國出版集團社長：郭重興
發行人兼出版總監：曾大福
出　　版：木馬文化事業股份有限公司
發　　行：遠足文化事業股份有限公司
地　　址：231 新北市新店區民權路 108-2 號 9 樓
電　　話：(02)22181417　　傳　　真：(02)8667-1891
Email：service@bookrep.com.tw
郵撥帳號：19588272 木馬文化事業股份有限公司
客服專線：0800221029
法律顧問：華洋國際專利商標事務所　蘇文生律師
內頁排版：中原造像股份有限公司
印　　刷：中原造像股份有限公司
小木馬悅讀遊樂園：https://www.facebook.com/ecuschildren/

初　　版：2019 年 5 月
定　　價：300 元
ISBN：978-986-359-667-7

21 SEIKI- BAN SHOUNEN SHOUJO SEKAIBUNGAKU- KAN [16]
《ARUPUSU NO SHOUJO》